三島柚葉
MISHIMA YUZUHA
從新進公司時就
一直單戀吉田的
職場後輩。

後藤愛依梨
GOTO AIRI
吉田的上司，同時也是他單戀長達五年的對象。
「呵呵，妳今天對我太沒禮貌了。」
「都沒有人敢冒犯也是滿無聊的吧。」
神田蒼
KANDA AO
吉田在高中時期的前女友。

「我問你喔，前輩，
你多久沒有跟人接吻了？」

contents

刮掉鬍子的我與撿到的女高中生

Another side story 三島柚葉

しめさば

插畫／ぶーた

Kadokawa Fantastic Novels

序章

原以為，我根本不需要故事。

自己的「立身之道」大可由自己決定，當中並沒有他人介入的餘地。

假如與他人深入往來就會孕育出「故事」，那麼，我肯定不會有那樣的故事。

原本我是如此想的。

一回神，我卻變得主動想跟他「深交」了。

我不小心站到了故事的舞台上。

假設，有我付出一切也無法拿到手的東西存在。

再假設，我事前就知道局面將會如此。

結果，我還是要試著付出一切，才能獲得那樣的結論。

我明白，無論用多麼火熱的心去追求，也沒辦法融化被厚實牆壁隔開的冰塊。

現實並非如電影般美好的故事。

即使如此，我仍不由自主地意識到了「屬於我的故事」。

明知付出一切也無法拿到手，明知會給自己帶來絕望，即使如此。

我無論如何，都想要一個屬於我的結局。

我想接觸他那顆搖擺不定的心。

接觸到以後……哪怕只在他內心掀起了一絲絲漣漪，我就是希望細細去體會那樣的事實。

然後，但願那樣的漣漪，在將來能變成……屬於我的「故事」。

所以——

side
三島柚葉

第1話 日常

「普通」的日常生活已經回來了，甚至讓人有敗興之感。

不，仔細想想，我一直都是過著普通的生活。

到公司工作，下班後就回家……偶爾有覺得想看的電影，便會順道去一趟電影院。

日復一日。

不過，要說起有什麼讓人感到「非日常」的要素，理由就在於我的上司突然被一個「女高中生」闖進了日常生活當中。

從她出現以後，我的上司吉田前輩在生活方面就有了大幅的變化。

關注其變化的過程中，總覺得，彷彿連我自己的生活都跟著有了改變。

不過，她離去之後，每天的生活又回歸常態……到頭來，那些改變好像都是過渡性的……至少，我心裡這麼認為。

然而，事物一旦有了改變，要在本質上「恢復原狀」往往得費些時間。

「吉田，你又在發呆了。」

「啊？喔……我有嗎？」

「真受不了……最近你老是這樣耶。」

「怎樣啦，工作我都有做好吧？」

橋本前輩在我旁邊吃著炒飯套餐，一邊朝坐在對面的吉田前輩投以傻眼的目光，一邊嘆了口氣。

「人生又不是只有工作吧。每次休息時間都看你那樣茫茫然的，我們也很難跟你搭話啊。」

「……哎，說的也是。抱歉。」

只見吉田前輩跟往常一樣不爭辯，坦然地低頭賠罪，我就感受到橋本前輩瞥來的視線了。我也不自覺地跟著回望橋本前輩。也就是所謂的四目相覷。

這陣子，吉田前輩明顯一直在「發愣」。

雖然他工作時狀似都專注於業務，但是一到休息時間，就會露出這種遙望著某處的眼神，彷彿在思索什麼。

具體而言，我們不知道吉田前輩在思索什麼。不過，關於他在想著「什麼人」，則是顯而易見的。

橋本前輩看起來是在建議吉田前輩，要他盡早找回原本的生活步調。我也認為那樣肯定比較好，應該吧。

不過……我同時也覺得，這實在無可厚非。

吉田前輩和沙優一起度過了半年以上的日子，已經將彼此的存在深銘於彼此的生活之中了。

我不知道吉田前輩是否對此有自覺。然而，他看起來就是將沙優當成家人在愛護。

忽然失去了那個家人般的存在，即使要因循過去的生活模式，肯定也填補不了在他內心產生的空缺。

「你也該淡忘了，讓事情過去吧。」

橋本前輩規勸似的說道。

吉田前輩肩膀一顫，然後才望向橋本前輩。

「……你是指哪件事？」

吉田前輩以故作平靜的語氣問。

然而，在那樣的語氣後頭，可以感受到他潛藏的心思似乎正在暗示「別講那種話」，使我有些心疼。

「你懂的吧。我指的是沙優啊。」

橋本前輩挑明直說。

呃，橋本前輩……我正想這麼開口，不知怎地，話卻梗在喉嚨裡。彷彿口中水分被一舉抽乾的感覺。

吉田前輩擱下筷子，發出了嘆息。

「……我會把工作做好。應該說，我都有做。不會給你們添麻煩的。所以……」

話說到這裡，吉田前輩把手湊到了額前。

然後，他用較小的聲量告訴我們。

「麻煩你們，暫時讓我靜一靜。」

橋本前輩在旁邊微微地倒抽了一口氣，我有聽見聲音。

吉田前輩講話的聲調，明顯疲弱不已。

即使如此，前輩仍「一如往常」地賣力工作，加班時數也比沙優在的時候還要久，那正是他為了逐步回歸日常生活而做的努力。

我覺得，橋本前輩肯定是為了吉田前輩著想才會說出這些話。即使如此，對目前的吉田前輩而言，那仍成了「落井下石」。

「……我懂了。抱歉。我也有失言的地方。」

橋本前輩這麼說完，隨即低下頭簡單賠了不是。

「呃，不要緊。我也明白啦。明白歸明白……」

吉田前輩困擾似的笑了笑，然後又拿起筷子。

「難啊。」

他隨口說出的那句話，語氣固然是溫和的，不過正因如此，聽在耳裡才格外具有分量。

除了家人之外，我不曾有過「重視的對象」。

而且，父母自不用說，就連我父母的雙親，亦即內外祖父母也都健在於世。

我並沒有體驗過，送別跟自己有著深厚牽絆的人，會是什麼感觸。

就算心裡大致可以想像，依舊沒有實際感受過。

所以，即使我能顧及吉田前輩當下體會到的孤獨，也無法產生真切的共鳴。

自知沒有能力直接幫吉田前輩去除痛苦的我，總覺得有些煩躁。

我想，橋本前輩肯定也是同樣的心境。

難。

吉田前輩用的那個詞，感覺道出了一切。

午休的氣氛變得有些尷尬。

少有交談的這頓飯吃完以後，我們再度回歸工作崗位。

起碼在工作方面，要避免讓他勞心，我重新打起了精神面對電腦螢幕。

*

下班時間一到，緊張感得到舒緩的獨特氛圍便瀰漫於辦公室裡。

準時下班回家的人，會打定「今天就此收工」的主意，露出放鬆的表情收拾起行李，好似已經在思索之後要做些什麼。

至於仍要繼續辦公的那些人，看起來似乎也將工作暫且處理完一個段落……有的會從座位起身，有的會伸伸懶腰……走到茶水間或吸菸處的人也零星可見。

在如此放鬆的辦公室中，吉田前輩依然一臉專注地工作著。

「我先走嘍。吉田，你也要適度休息。」

「好。辛苦了。」

儘管他與收拾好行李準備回去的橋本前輩互相問候，視線卻始終朝著電腦螢幕。

……最近，吉田前輩一直是這副模樣。

明明沒在工作時都茫茫然的，著手辦公時卻會發揮出好像被什麼東西附了身一樣的集中力。

他肯定是發自本能，選擇要專注於工作的。

畢竟在埋首工作的期間，都不用思考其他事情……

「……」

至少要歇口氣比較好吧，我如此心想，於是打算離開座位找吉田前輩搭話。

幾乎就在同一時間，後藤小姐的身影映入了視野邊緣。

她毫無顧忌地往吉田前輩的辦公桌走去。

剛提起腰的我，緩緩地坐回原位。

「吉田，可以打斷你一下嗎？」

被後藤小姐搭話，吉田前輩才總算將視線從電腦螢幕移開。

「什麼事？」

目睹那一幕，我又有種難以言喻的心情。

假如是我走到吉田前輩的座位，還跟他搭話……他肯定不會把眼睛從螢幕移開吧，我想。

「方便的話……之後要不要一起去吃個飯？」

後藤小姐狀似有些難以啟齒地這麼說道。

往常她邀吉田前輩吃飯都是乾脆俐落，然而吉田前輩最近散發出的那股氣場，就連「有本事的」後藤小姐都不太好親近。

上司邀的飯局，總不能拒絕吧……我如此心想，便把視線從他們倆移開，並且回頭將手邊的業務日誌做總結。寫完這些之後就可以下班了。

讓後藤小姐獨占吉田前輩固然惱人……我卻也覺得在這個節骨眼，只要能讓他換個心情，怎樣都無所謂。

「不好意思。我今天不太方便。」

吉田前輩回話的聲音，讓我忍不住再次看向他們倆。

「感覺再加把勁就能處理完一個段落，我會做到那裡再回家。」

「…………哎呀，這樣啊。你比想像中還忙呢。」

彷彿沒有設想過被拒絕的情況，後藤小姐停頓了好一陣子才點頭回應。我也沒想到前輩居然會推掉飯局，因而嚇了一跳。

「讓妳陪著加班也不太好，吃飯就改天再約吧。對不起，辜負了妳的好意。」

吉田前輩說完，過意不去地低頭賠禮。

遭客氣拒絕的後藤小姐略顯困惑，卻仍和氣地擺出笑容。

「不會，沒關係喔。下次我再約你。」

如此說完後，後藤小姐旋踵往自己的座位走。

我來不及迴避視線，目光就跟轉身的後藤小姐碰個正著。見我連立刻轉眼看旁邊都不敢，後藤小姐便當面朝我微微聳了肩。

見狀，我也不由得露出苦笑。

側眼看著後藤小姐毫無顧忌地通過旁邊走回辦公桌後，我的手再度擺到鍵盤上面。

後藤小姐應該跟我一樣，也打著想幫助他宣洩情緒的主意。然而，對方卻比想像中更不領情，所以她才會像那樣當面聳肩給我看。

不過連後藤小姐都會被拒絕，可見換成我去邀的話，結果應該也是一樣吧。

今天還是打消念頭，等我把業務日誌寫完，就跟著下班……

思考到這裡，我敲鍵盤的手停住了。

我瞥向吉田前輩那邊。

正盯著電腦畫面的他，已經回到工作崗位上。

吉田前輩託辭「有工作」而推掉了後藤小姐的邀約。

換句話說，只要等那些工作做完，是不是就可以逼他就範了？

如此起念的我將業務日誌中途存檔，再次開啟了下班時間一到，就被我關掉的編輯器。

我也有還沒做完的工作。

偶爾陪吉田前輩留下來加班，感覺也不錯。

吉田前輩從辦公桌起身，是在下班時間的兩小時後。

我去了好幾趟茶水間，還離開座位如廁，處於再客套也不能說是專心的狀態；反觀吉田前輩在這兩個小時之間都忙著辦公，一次也沒有休息過。集中力簡直令人難以置信。

見吉田前輩嘆了口氣，開始收拾行李，我毫不顧忌地湊向他的辦公桌。

「吉田前輩！」

「唔哇，三島。原來妳也留在公司，真難得……」

「你現在才注意到啊……我明明一直都在。」

想也知道他沒有在注意我，我卻露骨地板起臉孔給他看。前輩一邊說著「抱歉……」一邊搔了搔後腦杓。

「吉田前輩，你接下來有空嗎？」

「咦？呃，我是打算回家……」

「表示你有空嘍！」

我咄咄逼人地說道，吉田前輩的目光便困擾似的飄來飄去，到最後才開口低聲回答：「哎，沒什麼規劃就是了……」

「那麼！」

我提起了吉田前輩的公事包。

「啊，喂，妳想怎樣啦？」

吉田前輩狀似訝異地看著我。

我早就想好要怎麼回話了。

「我們去看晚場電影吧！」

第2話 謙虛

隨電車搖晃的同時，我和吉田前輩有滿長一段時間都默默無語。

邀吉田前輩去看晚場電影的當下，他顯得相當不情願，然而經過我連珠炮般地一股勁相勸：「反正你回家以後也沒事可做吧！」「與其上個網就睡覺，去看電影還比較划算！」「要是你那麼排斥，電影票算我請的！」前輩才認命似的點了點頭答應。

如此這般，我們倆正要前往離吉田前輩家那一站最近的電影。但……

傷腦筋的是，變成兩人獨處以後，我就不知道該聊些什麼了。

如果他的態度跟往常一樣，我大可主動找話題，諸如聊工作、聊最近發生過一些的稀鬆小事。可是，我總覺得提不起勁隨便聊那些話題。

當我一邊思索著這些，一邊驀地望向吉田前輩，便發現他的視線正好也向著這裡，讓我心跳漏了一拍。

「怎、怎麼了嗎？」

明明只是目光相接，我卻問出這種話。

「要趕晚場是可以啦，不過妳有什麼想看的電影嗎？」

吉田前輩如此問道。

什麼嘛，原來是這回事？如此心想的我面露苦笑答道：

「我隨時都會有想看的電影啊。」

這一次，換成吉田前輩對我的回答露出苦笑。

然後，他感觸深刻地說：「妳真的很愛看電影。」

那句嘀咕夾雜著嘆息，讓我覺得好像含有某種弦外之音而掛懷。

「愛看電影很奇怪嗎？」

見我偏頭表示不解，吉田前輩詫愕似的大動作地搖了搖頭。

「怎麼會！我沒那麼想啦……應該說，我反而還有點羨慕妳。」

「咦？」

吉田前輩悄悄地從我面前轉開目光，看向窗外。

他帶著遙望的眼神說：

「唉。我啊，從高中畢業以後，就很少熱衷於什麼。」

語氣是平淡的。然而，總覺得他並不認為那是件好事，這我至少還聽得出來。

「記得你讀高中時，是不是打過棒球？」

我一問，他便徐徐點頭。

「對，當時我練得還滿認真。不過，要說到那算不算熱衷，我就沒把握了。我參加了棒球社，所以理所當然似的努力練球。能拿出成果，獲得社員或顧問的誇獎，都讓我感到開心。」

回想起來，總覺得自己是第一次像這樣聽吉田前輩談起往事。不知不覺間，我便聽他所說的內容聽得出神了。

吉田前輩自嘲似的笑了笑，然後告訴我。

「說到底，也許我就是個只能透過他人認同，才能夠自我滿足的無趣之人。」

我的胸口一陣刺痛。

吉田前輩才不是無趣之人呢。我本來打算這麼回話。

但是……我同時也在想。

我對他，究竟有多少了解？

我認識的，終究只是公司裡的他。在外頭幾乎沒有往來，更不知道他休假的時候是什麼模樣。

假如有機會窺探吉田前輩的生活，或許，我也會打從心裡對他產生「真是個無趣之人耶」這樣的想法。

他所談及的生活，聽起來就是如此平淡，而且乏味。

既然如此，我為什麼會喜歡他呢？

莫非，我並不是喜歡吉田前輩……說到底，我會不會只是從圍繞在他與自己身邊的種種人事物發現有「故事」存在，才產生了愛慕之情？

即使我不打圓場表示「沒那回事喔」，吉田前輩也沒有疑惑地將視線拋過來。他說的那些話，終究都屬於自責之語，並不是在要求我回應。

我一邊望著他那瀰漫著幾許哀愁的臉龐，一邊在茫然間想起往事。

剛成為他部下的那時候。

「不行，妳拿回去重做。」

「肯拚還是行的嘛。」

「辛苦啦。」

他並沒有放棄我。

身為上司，身為一個活生生的人……他願意面對我這個人。

每次回想起他以視線對著我的情境，胸口就有種揪心的感覺。

這是戀愛。

理由我根本不懂。

即使如此，我仍曉得這是戀愛。

「前輩，假設呢，你就像自己所說的一樣……是個無趣之人，依舊有人因而得到了救贖啊。」

我回答了這麼一句，來代替「沒那回事喔」的場面話。

吉田前輩用呆愣的表情看著我。

「像沙優就是啊。沒有前輩的話，她肯定得不到救贖。」

沒錯。

吉田前輩救了一個內心有著莫大傷口的少女。為此，他的生活大幅改變，有時甚至不惜踏進他人的隱私，也要持續向她伸出援手。

那並不是普通「大人」能辦到的事。

然而，吉田前輩再次露出自嘲般的笑，搖了搖頭。

「……那也不好說。我連自己有沒有幫到沙優都不確定。」

他那句話，讓我不由得氣惱起來。

「前輩太謙虛了啦。目前，她正在北海道努力吧。」

我回嘴爭辯，吉田前輩卻面不改色。

「但是，我無法對她的將來負起責任。」

他格外斷然地這麼告訴我。

我忍不住嗤之以鼻。

那正是吉田前輩奇怪的地方，為什麼他就是不懂？

「自己的人生，應該由自己負責任。再過不久，沙優年紀到了，也會理解這層道理。」

誰都沒有要求前輩負責。求的只是伸出援手。無關乎是否有實際的幫助……有的人光憑這樣，內心就能獲得填補，他肯定不明白這點。

見我明確地予以斷言，吉田前輩眨了幾次眼睛，隨即苦笑。

「三島，妳今天真會說話。」

感到傻眼的我，當著他的面聳肩。

「我平時就很會說。只是前輩根本聽不進去吧。」

「或許是那樣沒錯。」

吉田前輩笑著聳聳肩，再度將視線轉到窗外。

對話戛然而止，電車車輪叩隆叩隆的聲音聽來格外響亮。

我，還有吉田前輩，都讓電車載著前進。

而終點，究竟位於何方？

儘管感到前程未卜，我依然朝著離吉田前輩最近的那一站而去。

之前，沙優應該也是一樣的。

她一路轉搭不知道終點在哪的電車，來到了這裡。

然後，她遇見吉田前輩，回想起自己該去什麼地方。

已經回家的她，至今仍對我散發出如此明顯的存在感，這件事讓我有種無法言喻的不愉快。

吉田前輩救了沙優。

既然這樣……

請前輩也救救我啊。

差點脫口的無聊話，被我吞了回去。

第3話 存在理由

「存在理由之海」。

我想看的，是一部如此題名的國片。

趕在上映時刻之前，我先去了洗手間，然後排隊買飲料與零嘴。

「三島，幫妳點烏龍茶可以嗎？」

因為吉田前輩問得太自然，我愣了一愣，接著才反問：「什麼啊？」

他搔搔頭以後——

「哎，上次到電影院時，妳不是喝得滿起勁的嗎……」

這麼說道。

我感覺到臉上的溫度自然而然地升高了。

因為我想起來了，之前，跟吉田前輩一起到電影院時，他買的烏龍茶曾經被我叼著吸管好一段時間。

「今、今天我自己買！」

「沒關係啦，要不是妳像這樣帶我過來，我根本不會看電影。就當作禮尚往來吧。」

吉田前輩一邊搖頭一邊這麼說，接著又問：「所以嘍，妳要喝什麼？」

他講得這麼堅定，我怎麼好拒絕？

該怎麼說呢，最近他好像變得比以前「更擅於替對方找藉口了」，我有點不爽。

我一邊撥弄側髮，一邊回答：「那就承你美意……我喝可樂。」

連這種瑣碎的小事都勤記於心，讓人覺得好狡猾。

明明前輩對於我想傳達的心意遲鈍得沒反應，希望他記得的事情也都記不住。

飲料買完以後，通知放映廳可以進場的廣播便正好傳來了。

「走吧。」

「嗯。」

我們走進放映廳，相鄰而坐。

由於上映時刻還沒有到，廳內昏暗，燈光也仍點著。

電影院以節制的音量播放里程卡優惠廣告，以及預告片，我和吉田前輩都默默地看著。

附近的席位有兩個年輕男生，正在低聲交談些什麼。熄燈前倒是無所謂，希望他們在播映時就別講話了，我冒出這樣的念頭。

感覺吉田前輩不習慣來電影院，即使在這種時候找我搭話也不奇怪。然而我朝身旁瞥了一眼，發現他默不吭聲，還帶著難以分辨情緒的臉色注視螢幕。

燈光逐漸轉暗，宣導觀影禮儀的短片播出了。

先是武打場面激烈的洋片預告。隨後，預告陣容慢慢切換成跟這次我們要看的電影氣氛相近的國片。

我一邊在腦海裡選別出有興趣的電影，以及不感興趣的電影——視內容而定，有時光看預告就有點催人落淚——一邊看著那些片段。

突覺好奇的我側眼偷看了吉田前輩那邊，只見他依然沉沉坐在席位，一臉茫然地望著預告片。

不知道這個人目前在想些什麼？

他說自己平時不看電影。這樣的話，他大概不會有「好像很有趣」或「好像很無聊」之類的想法吧。

說不定，他到現在都還想著工作的事情。

或者……他想的是人在北海道的沙優？

即使我盯著那張凝望螢幕的臉龐，也看不出他的眼前映著什麼。令我有些煩躁。

觀影禮儀的宣導短片再次播出，原本廳內點著的幽暗燈光隨之熄滅。

發行商的商標大字秀出，電影靜靜開始了。

存在理由之海。

舞台是全在化發展至極致，一切資訊都可以轉化成數據進行接收的日本。

在一切皆可化為數據處理的世界，就連物質也全被當成數據處理。有道白色的牆。白色的牆發送了「我是白色牆壁」這樣的資訊。人類予以接收之後，就會認知到「那是白色牆壁」。

換句話說，人類不過是負責接收資訊，再予以處理的受體。

人類的感情，同樣可視為數據的發散來處理。在大多數衝突都變得可以藉此解決的世界裡，人們的紛爭急遽減少，祥和之世正逐漸到來。

即使如此，並不代表犯罪便完全絕跡。在祥和之世裡，總有緩緩地步入瘋狂，並且散播他人無法理解的數據代碼，進而傷害他人的存在。

主角隸屬於專門鎮壓那種犯罪者的「維安部隊」，時時都在接收不定形且慘無人道的數據。

假如連物質，甚至人的感情都是數據……那麼，這些人究竟是為何瘋狂，又為何要製造這種扭曲的數據，並且散播出去呢？

在與犯罪者來往的過程當中，主角開始對世上萬物皆被當成「資訊」來處理這點有了疑問。

而當他如往常般接到出動的請求，前往任務地點……便見到了曾為童年玩伴的一名女子。

過人的世界觀架構，以及無法喘息的情節發展，讓我不自覺地對影像看得入迷。

「我現在在想什麼，你曉得嗎？」

「把槍丟掉，茜。我才想問，妳曉得自己在做什麼嗎！」

「不曉得。我什麼都不懂。所以我只好生氣啊！」

童年結識的女子「茜」吼道。

「欸，猜猜我在想什麼嘛……既然一切都是數據，你應該懂吧。」

「妳已經瘋了，所以才會散播奇怪的數據，還拿著手槍，造成所有人的困擾。因為造成所有人的困擾，妳才在這裡假裝生氣！」

「我才不是裝的！我在生氣！沒人能理解這種心情，讓我很疑惑！什麼叫奇怪的數據！數據哪能懂人的心思！假如我瘋了，那所有人也都瘋了！」

茜持槍開火。子彈射穿了主角大腿。膝蓋跪地的主角仍不服輸地瞪向茜。

「痛吧？傷害人是會流血的。那溫熱的血也是數據嗎？還是你想說那不過是從人體吐了血出來的資訊而已！」

「造成傷害的人是妳……就是有妳這種人，祥和的數據之海才會掀起風波……！」

「溶入那片『祥和的數據之海』以後，我們到底會去哪裡！」

一回神，我已經流下眼淚。

我能感受到，茜痛切的呼喊讓我胸口為之一緊。

主角在內心呻吟。好痛。茜所發散的數據勒緊了他的胸口。好痛。

這種痛，終究也只是數據。

不過，倘若如此，這到底屬於「什麼類型」的數據呢？

這與膝蓋遭到射穿，人體為了保護自我而告知身體狀態有異的「疼痛」，在根本上是不同的。

直接勒緊胸口的這種痛，以數據而言到底有什麼價值？

主角一邊望向發散感情數據的茜，一邊感到疑惑。

眼淚為什麼會流出來呢？

以前，我也曾思考過。

當身體感到疼痛時，感到悲傷時，感到憤怒時……淚水就會流出來表露那些情緒。

明明並沒有希望流淚的想法，它卻會盈眶而出。

人類有語言。從彼此靠語言表意的互動上來看，我覺得眼淚大多會成為干擾。

畢竟連不用傳達的部分，都會傳達給對方。

為什麼螢幕另一端的人物在哭，我也會跟著哭呢？

為什麼，我會覺得胸痛？

當我如此思索時，身旁忽然感覺到視線。

我不假思索地把臉轉了過去，發現吉田前輩正盯著我看。

他驚訝似的睜大了眼睛。

我打了個冷顫，內心七上八下。而且全身都冒出雞皮疙瘩。

我急忙擦掉眼淚，然後沉沉地在席位坐定。因為一回神，我才發現自己是以前傾的姿勢觀看電影。

深呼吸以後，胸痛頓時舒緩了。

他的視線，顯然是在看待「與自己不同的生物」的眼神。

或許他並沒有那種意思，我卻如此察覺到了。

可以曉得的是，我差點深陷於電影的心正逐漸平復。

結果，主角並沒有將茜射殺，而是放她逃走。

而且大腿受到的槍傷遲遲好不了，使主角暫時被調離維安部隊的職務。

傷勢痊癒後，主角反覆復健，照理說身體機能都已經恢復了，被射傷的右腿卻變得無法靈活走動。

無關維安部隊的職務，被迫坐輪椅生活的主角開始以個人名義尋找茜……

在尋找茜的旅程中，主角接觸到各式各樣的人，學會從各種層面來思考世上萬物都被轉化成數據一事……

途中，我流了好幾次眼淚，一邊仍看著電影。

雖然也感覺到好幾次來自吉田前輩的視線，但我決定不放在心上了。

反正，這部電影太切中我的感性了。無論別人怎麼想，我都免不了要深陷其中，所以便看開了。

片尾名單開始播放，離席的觀眾零星可見。而我帶著茫然的眼神，凝視白色的字幕於黑色背景不停流動。

我喜歡這一段時間。

一邊沉浸在電影的餘韻，一邊被逐步拉回現實的感覺，很令人舒暢。

然而，國片的片尾名單不長。

幾分鐘的片尾名單播完，放映廳內慢慢變亮了。

「給妳。」

旁邊的吉田前輩悄悄將小包面紙遞給我。

「妳哭得好厲害。」

這麼說的前輩，看不出有哭。

儘管我有點不好意思，還是收下小包面紙，擦掉了眼角的淚水。

「對不起，謝謝前輩。」

「呃，沒關係。妳拿著吧。」

吉田前輩笑了笑，從席位起身。

我也怯生生地跟著走出了放映廳。

第4話 唇

「感覺上，這是部相當引人深思的電影。」

走出電影院以後，吉田前輩如此嘀咕。

在我腦海裡浮現的是「好意外」這句話。

畢竟我印象中的吉田前輩，是屬於即使看了電影，也要等別人慫恿才會把諸般感想化成言語說出口的那一型。

「前輩覺得有趣嗎？」

我問道。吉田前輩則是停頓了一會兒，才緩緩點頭。

「有趣啊。謝謝妳帶我來看電影。」

「哪、哪裡……前輩看得開心就好。」

被他面對面地道謝，我覺得有點害羞。回話回得吞吞吐吐。

吉田前輩作勢瞥向手錶確認時間。

加班後看了長達兩小時的電影，時候已經不早。

「前輩要回去了嗎？」

我問道。只見吉田前輩先是出乎意料似的顫了下肩膀。

「呃，沒有……」

他含糊其辭。

怎麼了啊？當我如此疑心時。

「三島，妳想回家了嗎？」

他便這麼問。

我的心臟猛跳。

「不、不是！我並沒有那麼想啦。不過，之後也沒有別的事要做……」

莫名其妙地加快語速的我說完以後，吉田前輩有幾秒鐘好似在猶豫用詞，目光逡巡。

「要不要聊一聊再回家？」

他說道。

「咦……」

我嚇了一跳，發出糊塗的聲音仰望他。

吉田前輩一邊搔著鼻頭，一邊若有還無地放低音量說：「我在想，關於那部電

影……妳是不是也有滿多話想聊的？」

我感覺到心頭熱了起來。

原本還以為電影看完以後，等著我的便只有：好！原地解散！

「對啊，的確如此！」

我元氣十足地回答。

吉田前輩今天還真是福利大放送啊……

我們倆走進附近的咖啡廳，各自點了喜歡的飲料。

明明只是如此，我卻覺得好雀躍。

「說到人類感情也能數據化的世界……這樣的故事設定。」

看服務生走掉以後，吉田前輩便緩緩開口道來。

沒想到，前輩居然會主動聊起電影，我一邊在心裡大感訝異，一邊聆聽他的話。

然而。

「假如有那樣的世界，應該會很輕鬆吧……老實說，我起初是有這種想法。」

前輩接著講的話，卻讓我感到胸口有些刺痛……不過，同時我又覺得，吉田前輩會那麼想，或許也是可以理解的。

胸口會痛，是因為我認為「有那種想法的人很沒意思」。

「我想，我大概嚴重欠缺體察他人心情的能力。」

吉田前輩語帶苦笑地如此告訴我。

「我只能從局面來衡量事情……明明如此，卻強烈地執著於自己心目中的『正當』……感覺上，往後隨著年紀增長，我就會越來越接近所謂的『老害』。」

「才沒有……」

才沒有那種事吧，我想這麼反駁，卻見吉田前輩揮了揮手打斷我。

「我是那麼想的。所以……我會希望避免讓自己變成那樣。」

他靜靜地如此說道，然後笑了笑。

「像那樣省思以後，我發現……那部電影相當引人深思，該怎麼形容比較好呢……我說不上來，但是內容和現在的我很有共鳴。」

「是嗎……那太好了。」

我不知道該怎麼回話，只好含糊地附和。

「不過呢，儘管說這部片讓我感覺『獲益良多』……」

話說到這裡，前輩似乎有些難以啟齒。

我偏了偏頭。

「怎麼了嗎？」

「呃，那個……」

吉田前輩一時語塞。

他想說什麼，我想我大致了解。

在前半段的高潮戲，吉田前輩看我流淚時，所露出的表情。

想起當時有多慘，我的胸口深處便疼得厲害。

「沒關係啊，前輩請說。」

我擺出笑容催促，吉田前輩便認命似的點了點頭，旋即開口。

「果然，我無法像妳那樣……一會哭、一會愁苦地觀賞電影……總覺得……我感受到了自己跟妳的差異。」

早知道他會說這樣的話。

可是，對我而言……那代表自己跟他的價值觀有所隔絕。

為了掩飾沉沉落在心頭的絕望，我誇張地一邊比手畫腳，一邊表現出開朗。

「沒有沒有，你說得太誇張了啦，吉田前輩。我只是太容易落淚……！」

「呃，並不是那樣吧？」

吉田前輩笑了笑，然後搖頭。

「感覺上……妳把那部故事，當成『自己的故事』來領會……這是我的想法。」

他的這番話讓我難以回覆。

沒錯。

電影，並不是屬於我的故事。

「相較之下……儘管我覺得『真能引人深思』，卻像是事不關己地在看那部電影。」

前輩以反省般的口吻這麼說道。

身體彷彿要冒火的我備受苛責。

他其實沒有什麼好反省的。

「吉、吉田前輩！那、那樣不是很普通嗎？單純是我投入太多感情，像你那種觀感才比較普遍吧。」

在我腦海裡，響起了過去曾被後藤小姐說過的話。

『三島……妳移情在許多事上面，似乎很辛苦。』

我早就明白。

我的故事，只會是我的人生。

然而我卻不予正視那枯燥乏味的人生，還一一分出心思，去關注世界上除了我以外的故事。

曾被後藤小姐點出的毛病，感覺又讓吉田前輩點出來了，讓我相當尷尬。

而他不顧我的心情……緩緩地開口告訴我：

「我啊……很羨慕妳。」

那句話，讓我感覺全身都冒出了雞皮疙瘩。

「那、那是什麼意思……」

「咦？」

我不由得話中帶刺。吉田前輩睜圓了眼睛看著我。

「我……我也很羨慕你啊，吉田前輩。」

一回神，我已經這麼說出口了。

儘管內心某處覺得「糟了」，我卻停不住。

「吉田前輩，你一邊說自己是『無趣之人』，一邊卻與許多人的人生有了深度連結，還一路改變了些什麼，不是嗎？」

「咦？不是吧，我並沒有像妳說的那樣……」

「有啊！你幫助了沙優，還讓後藤小姐迷上你。連我也……！」

話說到這裡，我才驚覺過來。

前輩一臉像是來不及理解地看著我。

「連妳也？」

他依舊帶著目瞪口呆的表情，偏了偏頭。

「我也……」

想把話繼續說完的我，全身打起了哆嗦。

目前，我想說的是什麼？

趕在思考之前，話語已經脫口而出。

「我也……受了這麼多的苦……！」

「咦？」

看見吉田前輩表情緊繃，我感覺到自己血色全無。

我想說的並不是這些。我才沒有那種意思。

不過……可以肯定的是，我真的受了苦。

如此自覺以後，我頓時變得坐立難安。

「對、對不起……我……！」

我急忙起身，快步走向咖啡廳的門口。

「啊，三、三島……喂！」

身後傳來了吉田前輩拉椅子的聲音，以及他呼喚服務生的聲音。

「不好意思，請幫我結帳……！」

可以知道背後的前輩正準備離開店裡。

我一邊忍住快要湧上的淚水，一邊帶著悽慘的心情走出店裡。

乾脆直接回家吧……心裡雖這麼想，我卻無法毅然決然地離開。

我拚命壓抑內心的悸動，好讓自己在吉田前輩從店裡出來時，能夠平復表情。

「妳、妳是怎麼了，突然就……」

一走到店外，吉田前輩便立刻朝我的背影搭話。

該怎麼回答好呢？我沒辦法順利表達胸中的想法，於是忍不住一邊緩緩轉向他那邊，一邊發送出壞心眼的話語。

「假如這是個能將感情當數據處理的世界，那該有多好。」

吉田前輩的表情，變成了狀似難過的一張臉。

糟透了。

我曉得說這種話會傷到他，明知如此，結果還是說了出口。看他顯露悲傷的神色，就讓我自己也馬上跟著產生受傷的情緒，這樣既愚蠢又狡猾，而且差勁透頂。

「對、對不起，明明前輩難得邀我到咖啡廳……我今天先回去了。」

我逃避似的這麼告訴吉田前輩，隨即打算往車站走。

然而，我的手臂卻被人從後面用力抓住。

「三島！」

「什、什麼事……？」

手臂被使勁一拉，讓我轉回了他那邊。

眼前有張超乎想像的嚴肅臉孔，使我心生畏縮。

「假如我有哪裡傷害到妳，真的很抱歉。老實講，我並不明白妳為什麼會受傷。或許不明就裡地道歉會令人反感……但是，我仍想向妳道歉。」

吉田前輩說完，便朝我低頭賠罪。

……為什麼？

我感覺到胸中有某種情緒迸發開來。

隨之湧上的，是憤怒。

「…………為什麼？」

「咦？」

自己是不是打算說什麼糟糕的話呢？

感覺內心有一瞬間曾運作理性想攔住自己準備說的話。

但是，到最後我仍在衝動驅使下開了口。

盈溢的言語，我攔不住。

「為什麼，你總是一而再、再而三地……扮演著『主角』呢……？」

彼此價值觀不同。他所有觀念都與我不同。

將我所想的「無趣之人」化為實體，就會是吉田前輩這種人。

明明如此，他卻總是擺著主角般的臉站在我面前。

那使我在「我的故事」裡，活生生地成了「女主角」。

他明明沒有任何討我喜歡的要素，卻懂得施展讓我輕易迷上他的魔法。

我明明對自己的故事不感興趣……可是一面對吉田前輩，我無論如何都會被拉到那座舞台共演。

「你像這樣毫無自覺地成為我的英雄，是打算怎麼樣呢……！」

「呃，我哪有……」

「你好過分，明明自己什麼都沒有思考，卻總是讓我……讓身邊的人，產生這樣的心情……！」

「三、三島……」

我將任性的言語發散出去了。沒辦法停止。

我明白。這只能算是遷怒。

我知道，他對我「不予否認」，跟他對我「不感興趣」是同義的。而且正因如此，「得不到他的否認」讓我在安心的同時也懷有不滿。數種心情同時主張，造成了錯亂。

此刻，在吉田前輩眼裡，我看起來大概就像「吐出扭曲數據的人」吧。

「遇見你以後，我的人生變成了一團亂……原本我靠他人的故事就能獲得滿足……可是，你為什麼要擅自走進『我的故事』，帶動情節的發展呢！請你不要這樣，這會造成我的痛苦，還會造成我的困擾！」

呼喊似的說出這些話以後，我便在眼淚即將盈溢而濕潤閃爍的視野中，朝吉田前輩瞪了過去。

前輩彷彿什麼也不明白，只顯得困惑不已。

我氣壞了。

「你還是不懂，對不對……？」

我無法控制冒泡的腦漿，以及打轉於其中的激情，毫無顧忌地朝吉田前輩走近。

接著，我使勁伸直了背脊。

「……唔？」

我奪走了吉田前輩的唇。

前輩手足無措，有好幾秒都動不了。

初次體驗到的感覺。

可以曉得的是吉田前輩的嘴唇表面粗粗的，卻相當柔軟。

將嘴唇相疊，也能體會到自己的嘴唇有多柔軟，心境難以言喻。

只是，不可思議的地方在於……我並沒有小鹿亂撞的少女般心境。內心正哀痛地吶喊著。

胸口好痛。

我緩緩地從吉田前輩身邊離開。

「……這樣你懂了嗎？」

我拋出這句話，瞪向吉田前輩。

「三、三島……妳……」

吉田前輩狀似詫愕地望著我。

哪有人被吻了以後會是那種臉啊？我心想。

「……為什麼？」

我小聲嘀咕。

「為什麼，我會喜歡上這種人呢……？」

聽到我這麼說，吉田前輩的表情變成了一張苦澀的臉。

脫口而出的話，連我自己都覺得訝異。然後，我理解到那未免太「不留餘地」了。

「……唔！」

剛才明明還暢所欲言，對於不慎拋出去的話卻連一句藉口都想不到。

我什麼也無法表示，就這麼背對著前輩，開始朝車站走去。

步伐逐漸變得急促。

回神以後，我已經跑了起來。

我沒辦法回頭看向吉田前輩那邊。

他也沒有再次抓住我的手臂。

跑步使夜風吹在臉頰上。我體會到，激動的思緒正逐漸恢復理智。

「糟透了……」

我一邊感覺視野開始扭曲，一邊咬緊牙關，忍住了眼淚。

我根本沒有哭的權利。

「糟透了……！」

溫熱的氣息流瀉。

「存在理由之海」的台詞，正在腦海裡以電影院聽見的那種大音量播放著。

『妳已經瘋了，所以才會散播奇怪的數據，還拿著手槍，造成所有人的困擾。因為造成所有人的困擾，妳才在這裡假裝生氣！』

「囉嗦……！我是……！」

我是真的在生氣！

我一邊在心中吶喊，一邊玩味著不知道該何去何從的憤怒與悲傷，只管往前面邁出步伐。

等我穿過驗票閘，站到電車月台之際，強烈的怒氣已經褪去，只餘悲傷徒留胸口。

我究竟在做什麼呢？

這種感覺是來自懊悔？來自空虛？我一邊壓抑著已經不知從何而來的「想哭」情緒，一邊回到家裡。

明天起，我不知道該用什麼樣的臉跟吉田前輩見面才好。

side
吉田

第5話 遲鈍

接吻這項行為從我的人生消失蹤影後，已經過了近十年之久。因此，被「公司的後輩」突然那麼做，我有一瞬間覺得腦袋完全空白。

在我的觀念裡，接吻這項行為是——

對意中人表達好感的做法，視場合而言也會接續更進一步的示愛動作……說穿了，就是想要成為情侶，或者情侶間才會這麼做，這是我的認知。

而三島當面做了那樣的行為，還說：「這樣你懂了嗎？」

「三、三島……妳……」

我一邊大感混亂，一邊拚命擠出聲音。

三島看見我的表情以後，露出了更加受傷的臉……並且小聲說道：

「為什麼，我會喜歡上這種人呢……？」

透過那句話，我明確地理解到。

三島是「視我為異性」而有好感，才把話說出口的。

話。

被她喜歡的事實，還有她目前正對此後悔的事實。兩者忽然壓上心頭，讓我說不出話。

後來三島什麼都沒說就轉身背對我快步離開，我也無法追過去。

我只是杵在原地。

等到看不見三島的背影，感覺她也沒有跡象要回來時，我的身體才總算做出動作。

我腳步沉重地走向自己的家。

換成平時，我大概會想追上三島，並且再一次跟她道歉吧。但是，現在我不知道追上她以後，自己該做些什麼才好。

就算要道歉，我又該道歉什麼呢？

這表示，我從根本上一直誤解了她與我之間的關係。

夜風颼颼吹過，從旁經過的人嘀咕了一句：「好冷……」而我，則是困在好似心涼了半截的感覺當中，不太能感受到風有多冷。

明明內臟會冷，身體表層卻好像莫名地熱。

對我而言，「三島柚葉」這名女性是……需要費心照料的後輩。不過，她在我身處的人際關係裡表現得遠比我冷靜……

越是思考，我越覺得「僅止如此」。

我有體會到彼此的距離正逐漸縮短。然而，那並非由我採取行動，而是三島主動趨近而來才發生的變化。

假如，那一切都是出自她的「戀愛感情」，不就表示至今以來，我未免也太渾然不覺了嗎？

『為什麼，我會喜歡上這種人呢……？』

我想起了三島說的話，感到苦澀不已。

要說的話，我才想問她為什麼。

太令人震驚了。

我從來不曾認真相信過，會有人喜歡上我。

高中時談的戀愛，因為我沒辦法相信對方的好感，無法朝默默離開的她追上去，只能懷著無力感讓那段情就此結束。

長大成人後談的戀愛……直至今日，我仍然信不過對方的心意。

喜歡歸喜歡，但還不打算交往。我對他人的好感，並沒有期待到足以相信那種話。

而這一切的種種，全是因為……我自覺本身的為人有多麼缺乏魅力。

我在成為社會人以後成天工作，未曾從事其他活動。既沒有算得上嗜好的嗜好，更無法給予他人什麼。

雖說我遇見了沙優，還幫助她回家，多多少少讓我重新審視了自己的生活以及為人之道……但是基本上，我不認為本質有所改變。

我會逐步面對自己的為人之道，並且繼續生活下去……明明我好不容易才橫下心，開始有了如此念頭。

三島卻表示，她「喜歡」那樣的我。

她會積極與我來往，還在途中變得肯努力工作……假如說，那全都歸結於她對我的戀愛感情，說來便不是什麼奇怪的事。

即使如此，對我而言仍然太「事發突然」了。

更何況，果然我越是思考，就越不明白被三島喜歡的理由。

沙優來家裡之前，在三島剛成為我部下之際，她對我鐵定是抱著敬而遠之的態度才對。

當時的三島做工作總是草草了事，即使犯了錯也會陪笑臉搪塞：「對不起，我不知道該怎麼做耶～」而我全然沒有放過她。

只要待在我的團隊裡，就不能拿「不會」當理由。凡事絕對都要訓練到學會為止……過去，我一直嘮叨地要求她把工作拿回去重做。

我記得相當清楚，三島對那樣的我說過：「原本就已經在努力了，還要更努力的話，遲早會死翹翹的。」既然她有那種想法，我指導的方式大概會讓她不勝其煩吧。

況且，從我把沙優留在家裡，還敗露給三島知道以後，感覺換成我被她發飆的情況就變多了。

令我印象深刻的是，她提到我自稱喜歡後藤小姐，卻一直把沙優留在家裡那件事。

『我想表達的是，到頭來你心目中的優先順序究竟是怎樣？』

三島讓我回想起她說過的話。

這麼一想，她平時總是態度冷靜，對於我跟沙優的事也都拋出了客觀的意見。

而且在那種時候，三島總是顯得焦躁。

我一邊說要幫助沙優，一邊又跟後藤小姐去吃飯；相反地，我明明跟後藤小姐拉近距離了，卻還是一直朝沙優伸出援手……三島目睹我這樣，肯定曾認為我是「兩邊倒」而感到焦躁。

從她的觀點而言，或許這些想法都屬於「只會用我的濾鏡看事情」。

不過，無論再怎麼想，我只能如此認為。
我真的不明白三島喜歡我的理由。
而且，在我不曉得三島是那樣看待我的同時，我還理所當然似的把她當成「單純的後輩」。
即使被她像那樣帶著沉痛的表情告白……我依舊沒辦法給予回應。
我想，三島恐怕也明白那點。
即使如此，她仍不得不對我說出口嗎？
若是那樣，一直以來我讓她受了多少的折磨？
狀況來得既唐突而又致命。
感覺在我與三島之間有了某種改變。
戀愛開口打趣，扯來扯去卻還是願意關心我的善良後輩。
儘管我在工作方面會教訓這樣的三島，可是，我本身仍獲得了某種救贖。
不過，如果那一切都是成立於戀愛感情上，往後我與三島之間會變成怎樣？
假如是我的遲鈍招致這些，我該怎麼跟她做出了斷才好……？
越是思考，越看不見答案。
強風又一次吹過。

這次，我打了個哆嗦，明白身子冷透了。

一旦意識到有多冷，身體便微微地顫抖起來。

「…………唔！」

身體發顫後，我以比剛才更快的腳步走著。

這段期間，我仍一直在思考三島的事。

明天起，我不知道該用什麼樣的臉跟她來往才好。

第6話 自炊

「啊！」

「啊？」

當我一邊想三島的事情想得暈頭轉向，一邊回到住處，就在家門前跟熟面孔碰個正著了。

「你今天會不會回來得太晚？加班嗎？」

「……妳在做什麼啊？這種時候跑過來。」

「總之，先讓我進屋裡啦。」

站在家門前的人是麻美。

沙優在東京第一個交到的朋友。

今天她並沒有穿制服，而是套了件黑色洋裝，上頭再披米白色的針織衫。她的便服莫名地成熟穩重，跟髮色不甚搭調。

「有什麼事嗎？」

我問道。而麻美氣惱地噘起嘴唇。

「不就跟你說了，先讓我進屋裡嘛！」

「……哎，可以是可以啦。」

坦白講，我大有「現在沒空」的想法。

然而，自從沙優回家以後，麻美一次都沒有在這種時間跑來拜訪。

假如當中有什麼隱情，我總不能冷漠以對。

我將玄關的門鎖喀嚓轉開。門開了以後，麻美就先我一步溜進了屋裡。

「打擾嘍～」

要說有什麼隱情，麻美的模樣倒顯得開朗。

我也跟著走進屋裡，帶上門鎖，脫掉鞋。

「哎～吉田仔，你家果然比較自在。」

麻美匆匆進了起居間，「啵」地坐到我床上。

我一邊脫掉外套，一邊側眼看向她。

「所以呢，妳是怎麼了？」

「……唉～」

麻美則一邊露出苦笑，一邊搖頭。

「不是什麼多了不起的事啦。」

「那妳回家吧。」

「欸，哪有這樣的！吉田仔，總覺得你今天比平時冷淡了一倍耶！」

「有事妳就說吧。」

我一邊將外套掛上衣架一邊這麼說，麻美便略顯畏懼地看向我。

「……你在氣什麼嗎？是不是我來的時間不巧？」

可以知道的是，她的表情變得有點像在關心我。

我感到心頭一緊。

被女高中生關心是怎樣啦？

我緩緩吐氣，隨即搖頭。

「呃，抱歉。我有一點疲倦……總之，妳是怎麼了？自從沙優回家以後，妳都沒有在這種時間來過吧。」

我盡可能以不凶的語氣問道。

麻美用難以言喻的表情朝我望了幾秒鐘，然後微微吐氣。

「呃，真的不是什麼多了不起的事啦……剛才我家的父母大吵了一架。」

「這樣啊……」

雖然麻美不曾跟我聊過，但我大致可以想像，她在家應該有無所適從的感覺。

正如同沙優跟麻美相處似乎很愉快，她跟沙優在一起時似乎也相當愉快。

沙優留宿的期間，麻美曾泡在我家長達好一段時日，簡直不是光靠一句「合得來」就能說明的。

「我媽只要一歇斯底里，脾氣就很火爆，還會扔花瓶之類的。」

「那可真不得了……妳沒受傷吧？」

「嗯，我沒事。但我有點受不了家裡的那種氣氛。」

「所以妳就偷偷溜出來了？」

「正是如此。對不起喔，突然來找你。」

既然如此，麻美只有我能投靠也是可以理解的。單純就是家住得近罷了。

麻美也是女高中生。她要在這種時間搭電車到其他地方，或者在街上遊蕩，都容易有危險。

「唉，過幾小時我就會回家。感覺不用你多費心啦～…………」

她擺出笑容這麼告訴我，肚子卻在話說到一半時就「咕嚕嚕」地大聲叫了起來。

只見麻美的臉漸漸地變紅。

「……原來妳沒有吃飯嗎？」

我這麼問道，麻美便害羞似的掩著嘴邊，點了點頭。

「其實他們兩個從晚餐前就已經起了口角……氣氛變得讓人吃不下飯。」

「原來如此。」

我一邊聽她說，一邊將心思轉向冰箱。

裡頭正好有我昨天買的雞腿肉與蛋才對。

打開電鍋的蓋子，剛好還剩一餐份的白米飯。

「好，我幫妳弄點吃的，妳等一下。」

我一邊挽起襯衫袖子一邊說，麻美就睜圓了眼睛看我。

「吉田仔，你會煮飯的嗎！！！」

被她用今天最大的音量問這種事，我忍不住笑出來。

「唉，並不算多會啦。從沙優回家以後，我就習慣自己開伙弄點吃的。」

「太厲害了吧！你根本是優良主夫！」

麻美從床上蹦地站起身，高高興興地湊了過來。

「你要幫我煮什麼？」

「隨便湊合吧。」

「那是懂做菜的人才會說的台詞嘛……料理新手隨便弄不會有問題嗎？」

「囉嗦。妳待在那邊等啦。」

「咦～可是難得有機會，我要在旁邊看！」

麻美心情大好。

雖說我現在真的沒空管那些……一想到這裡，我才發現自己在這幾分鐘之內都沒有去思考三島的事。

「……哈哈。」

「嗯？你是怎樣？」

「沒有，沒什麼。」

我深深感覺到，麻美這個女生很有掌握現場的能力。

況且就這次的情況來說，有助於我。

我轉換心情，從冰箱裡拿了雞腿肉和一顆蛋出來。

平底鍋開火加熱，確認鍋子熱了以後，再倒入幾滴麻油。

將雞腿肉剁成一半大小，剩下的擺回包裝盒，收進冰箱。這餐要用的雞腿肉則切成方便一口吃下去的尺寸。

「哦～感覺有模有樣耶。」

麻美興致勃勃地看著我手邊的動作，總覺得有點緊張。

確認平底鍋的油熱了之後，我把雞腿肉放下去。

伴隨著滋滋聲響，雞肉的表面逐漸變白。

「我說啊，吉田仔。」

麻美一邊探頭看向平底鍋，一邊開口。

「你今天遇到什麼事了嗎？」

我不知道該怎麼回答她的問題，於是默默地用長筷子戳著平底鍋上的雞腿肉。為了讓還沒煎到的那一面朝下，我伸出筷子翻動。

「在家門前碰面那時候，你的臉色很誇張喔。感覺像快死的人有事情想不開。」

「妳在亂講什麼？我才不會死。」

「但你有事情想不開。」

麻美的視線扎到了我的臉龐。我不敢把臉轉向她那邊。

「從沙優妹仔回去之後，我第一次看見你那樣的臉色。發生了什麼事吧？」

「沒什麼啦。」

「騙人！什麼事都沒有的話，你才不會露出那種臉！」

麻美加重語氣，我卻回不了任何話。

老實講，我不認為這是應該跟別人談的事情。

被後進職場的女生告白，我不知道該怎麼辦才好。

拿這種問題跟女高中生商量，又有什麼用？更何況，三島恐怕作夢也想不到，自己告白的當天，會有她不認識的女高中生找我商量這件事情。我沒道理做出像那樣輕浮的舉動。

「……這表示你不想說嘍。」

見我不予回答，麻美嘀咕了一句，之後便什麼也沒說了。

確認雞肉煎得夠熟以後，我打了蛋加進平底鍋當中。其實應該要事先拿個碗將蛋汁好好攪拌才對，但是直接打進去也勉強能在平底鍋上攪勻，我就省了那道工夫。

以筷子在平底鍋中攪拌幾圈，由黃色與白色構成的大理石花紋隨即出現在平底鍋。

等蛋汁與雞肉相結合，再加入醬油和少許鰹魚露調味……

「好……」

我從餐具櫥櫃拿出小碗，然後把電鍋剩下的白飯添進碗裡。接著，將平底鍋煮好的「滑蛋雞肉」盛上去。

「給妳。」

「哇～看起來超好吃的！」

「隨便湊合而已。」

「我不太有機會吃這樣的飯菜嘛。」

麻美說著，一臉歡喜地從我手裡把碗接過去了。

她開開心心地走向起居間的矮桌。我從櫥櫃拿了筷子遞給她。

「我開動嘍～！」

「噢。」

麻美靈巧地用筷子夾起白米，以及添在上面的蛋與雞肉，然後送進嘴裡。

接著，她立刻燦然地亮起了眼睛。

「好吃耶～吉田仔，你該不會是天才吧！」

麻美說著，使勁拍起我的肩膀。

「反正妳吃就是了。會涼掉的。」

「這來多少我都吃得完啦，真的。」

明明又不是多費工夫的菜式，麻美卻高興成這樣，連我都覺得欣慰了。

只不過，這道食譜既不是我自己想到的，也不是從其他地方查來的。

「因為沙優寫了筆記，將食譜留給我以後才離開。我看過那些，偶爾就會試著下廚罷了。」

我喃喃說道。而麻美緩緩擱下筷子，嘻地笑了出來。

「我曉得啊。」

「咦？」

「之前來的時候，筆記本一直都擺在桌上。沙優妹仔果然很用心。」

「……是啊，她真的很用心。」

沙優所記的食譜確實簡單好懂。好比調味料的分量，她就完全不會寫出像「酌量」這種讓烹飪新手困擾的字眼，用量全都有明確指示。

起初我都規規矩矩地拿捏好分量來煮，然而相同的食譜多煮幾次，漸漸地就算隨便拿捏也不至於走味。因為我開始記得住材料的大致用量了。

我最常煮的，就是這道「冒牌親子丼」。筆記本裡原本記載的是親子丼食譜，不過我剛才弄的版本最輕鬆省事，要洗的餐具也少，因此最近我煮的盡是這一道。

「但是呢，如果沙優妹仔知道你都有用她留下來的筆記，還多少改變了自己的生活方式。」

話說到這裡，麻美露出了溫和的微笑。

「我想，她肯定會很高興吧。」

麻美那句直接了當的話，讓我隨之胸口一緊。

沒錯。跟沙優認識，讓我有了一點點改變。

而且，沙優對此肯定並不知情。

「……這不好說吧。」

「絕對是啦。」

見我含糊地接話，麻美哈哈大笑，然後一臉享受地把冒牌親子丼扒進嘴裡。

接著，她大口大口地咀嚼飯菜，咕嚕吞下。

「或許你不方便告訴我。」

麻美用含蓄的視線朝著我。

「但如果有煩惱……該怎麼說呢……你可以找比我更值得信賴的人談一談啊，那樣絕對比較好。」

我又受到關心了。

難道我的臉色有那麼容易被看出內心想不開嗎？

「……唉，怎麼跟妳說明好呢？我想想…………」

我歪了好幾次頭，然後說道：

「這件事在我心裡也還沒有理出頭緒。的確，我遇到了有點為難的狀況，正如妳所說的那樣。」

「嗯。」

「不過，要說到這能不能跟人傾訴，或者傾訴以後有沒有用……當中有許多環節，我都還沒有想通。所以說，我是不打算找妳談的。」

「這樣啊，這樣啊。」

麻美安分地點點頭，隨後換上了使壞似的臉色。

「要我說嘛，吉田仔，你的腦袋就是超級頑固。我倒覺得你盡快找別人幫忙出主意會比較好喔。」

「……為什麼我非得被女高中生說成那樣啊？」

「你～看～吧～就是因為這樣，我才會說你腦袋頑固！」

麻美哈哈大笑，然後把筷子抓到手裡。

接著，她狼吞虎嚥地吃起冒牌親子丼，幸福洋溢似的瞇細眼睛。

「嗯～……好吃！」

「那太好了。」

「下次再幫我做。」

「不要，妳想吃飯就在自己家裡吃。」

「小氣！」

麻美一邊嚷嚷一邊吃飯，並在用完餐後雙手合十。

儘管平時我都嫌麻煩，不過一向只為了自己才下廚的「自炊」這檔事，首次對他人有了貢獻……沒想到感覺還不壞。

麻美的身影出現在玄關前時，原本我內心的想法應該是「來得真不巧」……如今，我卻似乎慶幸著麻美能挑這個時候來訪。

說來說去，我總是從麻美那裡得到了救贖。

假如像這樣短暫收留麻美，或者幫忙煮一頓飯就能回報她的恩情，倒算是便宜了。

隨著我跟有些聒噪的女高中生相處，夜逐漸變深。

等麻美回家以後，已經累透的我連澡都沒洗就蹣蹣跚跚地換上睡衣，不支倒地似的直接睡著了。

第7話 建言

午休時間。

把醬油拉麵吸進嘴裡，單調得一如往常的鹹味便在舌面上擴散開來。

以前我吃員工餐廳的拉麵，內心都別無感慨，這陣子卻變得有點喜歡了。

當中的理由我也曉得。

該怎麼說呢？總之，就是因為味道單純。

既沒有好吃到令人感動，也不會難吃到令人失望……吃過一次就可以在腦裡想像出相同的滋味……它正是這樣的食物。

到了午休時間肚子會餓，肚子餓的時候可以吃這個。

構成日常生活的例行程序中，有「員工餐廳拉麵」坐鎮於此，我還滿喜歡的。

尤其是在腦袋裡變得亂糟糟的日子——

「吉田。」

「啊？」

突然被人搭話，使我回神過來。略顯帶刺的答話聲不小心衝口而出，我清了清。

「怎樣？」

「還敢問怎樣？你今天又在發愣。」

橋本一臉傻眼地朝自己額前豎起了食指。

「眉頭，皺得可厲害了。」

「這、這樣啊……」

被他提醒，我發現眼睛一帶格外緊繃。當我刻意予以放鬆後，便感覺到額頭附近的緊張感得到了舒緩。

如橋本所說，我似乎是在無意識之間擺出了恐怖的臉色，陷入沉思。

「看你一邊擺著那種恐怖的臉，一邊吃拉麵，我在這裡也會有點尷尬。」

「哎呀，抱歉，抱歉。」

有別於平時打趣的口吻，橋本真的面有難色，於是我當面低下頭簡單向他賠罪。因為我想都沒想到自己的臉色會恐怖到破壞氣氛。

「然後呢？」

「嗯？」

「所以是什麼事情讓你沉思成那樣？」

橋本的嘴角揚起，眼睛卻瞇細望著我。

「吉田，當你擺著那種臉思考些什麼的時候……說起來，大多都是在思考別人的事吧。」

每次被橋本這樣搭話，我就覺得自己「敵不過他的洞察力」。然而，說不定我的臉色比自己所想的還要容易理解。

「沙優在的那陣子，當你像那樣一臉嚇人地想事情時，大多就是在想她。不過呢，你現在想沙優時可不是那種臉。」

橋本如此說完，便沉沉坐到員工餐廳的鋼管椅上，誇張地擺出了像是在遙望遠方的眼神。

「而是這副調調。」

「我才沒有那麼露骨地發愣吧。」

橋本完全忽視了我吐槽的無聊內容，並且突然換上認真的臉孔。

「目前沙優遠在他方，你八成不會因為她而擺出那麼恐怖的臉色。既然如此，表示是這陣子……不對，八成是昨天左右，在離你更近的地方出了什麼狀況吧？」

看橋本如此斷言，還一邊側頭一邊窺探而來，我重新體認到果然只是這傢伙洞察力太高而已。

即使我的表情好理解，從中能推敲得這麼深，應該也是拜我跟這傢伙的交情之久，以及他本身細心所賜吧。

然而。

「沒什麼大不了的事啦。」

我從橋本面前轉開目光，如此回答。

我並不想在員工餐廳聊這種話題。

這麼說來……三島現在人在哪裡……？

平時她都會跟我們一起吃午飯，今天卻沒有在同桌用餐，理由就連我也能夠想像。

看我東張西望，橋本哼了一聲。

「可見事情跟公司裡的人有關係。」

「什……」

「吉田，你太好懂了啦。」

橋本哈哈大笑，喘了口氣後又說：

「我說啊，吉田。好久沒跟你聚聚，今晚要不要去喝一杯？」

「喝一杯？你會邀我還真是難得。」

「偶爾為之嘛。」

「撇下你太太做的晚飯行嗎？」

除非有有什麼天大的狀況，否則疼老婆的橋本可不會加班。他都是直接回去有太太等著的家裡，我也幾乎沒看過他參加原本未排定的突發酒局。

我問道。而橋本和氣地微笑點了點頭。

「剛好她今天一臉開心地說要跟朋友去吃晚餐，所以我橫豎都得自己吃飯。我老婆總是以家庭為優先，很少會跟朋友吃飯。偶爾也得讓她透透氣。」

「原來如此。」

「你就當成是拯救一個回家後會發現老婆不在而孤單寂寞的男人吧。」

「知道了啦，囉嗦……」

坦白講，我不太有意願答應橋本的邀約。然而就跟往常一樣，我沒有其他規劃。繼續被他用做作而令人惱火的說詞約喝酒也嫌麻煩，我只好不情願地點頭。

何況……與其獨自思考，也許找橋本商量，比較有機會讓我冷靜思考往後的事。

……我想起麻美也強烈建議過這點。

目前看來，橋本顯然是出於好奇才想聽我的煩惱。但只要聽了內容，我覺得他多少就會設身處地為我想了。

「那麼，晚餐我們找一間居酒屋解決吧。當然是由我請客。」

看我點了點頭，橋本狀似心情大好地這麼說道。

呃，這傢伙果然只是想拿我的煩惱當消遣吧……

話雖如此。

……這無疑是不方便向人主動提起的話題。

有這種心思固然狡猾，不過對方肯懷著興趣主動來問我，想商量就比較方便。

要跟橋本談嗎……

一想到這裡，原本不經意地在自己心裡模糊化的煩惱，便明確浮現了輪廓。

——我被三島吻了。

即使我對戀愛再生疏，起碼也曉得她是基於「那方面」在對我示好。

冷不防地讓以往從未意識過的對象這麼一吻，我完全陷入了混亂。

而且……正因為從未意識過，我更是不知所措。

*

下班後，我跟橋本兩個人到了串燒店。

兩人份的中杯生啤酒送來，我們便互相乾杯，喝下第一口……

「所以說，你是怎麼了？」

橋本毫無暖場，直接切入重點問我。

「欸，你未免太有興趣了吧。」

我當場板起臉孔。而橋本並未放在心上，一派從容地道來：

「聽好，要是現在有事情能讓你發愣成那樣，除了感情問題之外不會有其他的原因啦。即使叫我對你的感情問題不感興趣，也是強人所難吧。」

「你真夠囉嗦的耶。就只有這種時候才特別饒舌。」

我越發覺得自己敵不過橋本的眼力。嘆息冒了出來。

「所以呢？出了什麼事情？你跟後藤小姐有狀況嗎？」

「好啦，我說就是了。你別那麼猴急。」

本來我想多做一點心理準備再談，橋本催得這麼急的話，連喘口氣的空閒都沒有。

反正既然要說，就趁他纏著問個不停的時候一口氣說出來會比較好吧。

我做了個深呼吸，然後開口。

「其實……」

「你被三島吻了？」

「白痴，聲音太大了啦。」

平時都是我在酒酣耳熱之際被橋本規勸嗓門太大，現在卻因為橋本的說話聲之大而嚇得東張西望，這樣的體驗讓人有些不自在。

假如以前我每次喝酒都讓橋本產生這樣的心境，可就過意不去了。

「三島還真是豁出去了耶……」

無視於我這樣的想法，橋本「唉～」地發出了感嘆的聲音。

接著，他瞇眼望向我。

「哎，雖然看也知道她對你有意思……」

「……原來你看就曉得了嗎？」

「吉田，她示好的態度那麼明顯，我覺得還看不出來真的是你有問題喔。」

橋本無奈地搖搖頭，喘了口氣，然後微微地偏頭。

「所以呢？你打算怎麼辦？」

「還能怎麼辦……」

我吐露出老實的想法。

「對於三島，我並沒有用那種眼光看待過……」

「感覺這是說了會傷到她本人的台詞……不，我想她也明白那一點吧。」

橋本有些惆悵似的瞇起眼。

「基本上，我從來沒想過自己會被人喜歡。」

我如此接話，橋本便帶著難以言喻的表情聽我訴說。

這是肺腑之言。

高中時期，連跟神田學姊交往的時候，我都沒有打從心裡相信她的愛。為什麼自己可以跟大家心目中有如女神般的存在交往呢……當中是不是有什麼誤解？過去，我時時都會這麼想。

「跟沙優生活以後讓我發現了。我有獨善其身的性格，還會假裝為他人著想，其實心裡顧慮的都只是自己……即使如此，我依舊希望自己在眾人面前能保有一副良善的臉孔。我就是這麼沒用的人。」

「你太自卑了吧。日本人不都是這樣嗎？」

橋本用「日本人」一詞囊括了廣大的群體，讓我總覺得有些不協調。

大概是吧。眼下的橋本看似就是只以自己與太太為優先。當然，他也願意關心我，有時候甚至會認真地給我建議。好比現在肯定也是。

不過要說的話，那都算不至於給自己惹來大麻煩的舉手之勞。

再提到我把沙優留在家裡，想設法幫助她……相較下就完全是兩回事了。到頭來，我會幫助沙優，一開始也是因為她長相好看，讓我有意拯救一個狀似處境可憐的少女，感覺純屬打腫臉充胖子。

我只是不想被當成壞人罷了，肯定是的。

透過與沙優認識，而後別離，我的生活明顯有了好轉。是沙優讓我成長的。

我知道了自己能力所及，還有能力不及的地方……進而成功地省察了自己的生活。這一切，都是託沙優的福。

即使如此……我仍是一具空殼。

光想著回應他人期待的人生，為此而在的身軀……

在我的身體裡，彷彿完全沒有所謂的自我……如此空虛的感覺襲上心頭。

「有人肯喜歡像我這樣的空殼……那我該說什麼來回應呢……我不曉得……」

聽我吐露出率真的心情，橋本吐了口氣，接著露出不太好判別有何情緒的笑容。

他將烤雞肉從竹籤上抽出，挑了一塊放進嘴裡。

先是悠哉地咀嚼，再吞嚥下去。

「那都無關緊要啦。」

橋本斷然地如此說道。

「……無關緊要？」

見我捉摸不到當中的語意，因而鸚鵡學舌似的複誦，橋本便對我點頭。

「嗯。吉田，在戀愛這檔事裡，你是什麼樣的人並不重要。」

說到這裡，橋本定睛朝我的雙眼注視而來。

「喜歡，或者不喜歡。首先要釐清的只有這點。除此之外沒別的好說。一牽扯到其他要素，整件事都會變調。」

橋本說的那些話莫名有魄力，使我無法回嘴而語塞。

「老實講，我也不太懂，像三島那種類型會喜歡上你的理由是什麼。」

橋本說著，像是被逗樂而笑了。

接著，他壓低聲調，感慨地告訴我：

「那女孩本來就不適合談戀愛。」

「你說……她不適合談戀愛？」

「對。三島看起來像是理想太高的那一型。無論是從理論或者感情上來看，她處理各種事情都簡單明快。所以……沒辦法容忍他人的行為出差錯。」

橋本一面啃著烤雞，一面淡然說道。

果然，這傢伙對於各種人都觀察入微，我有如此的體認。我對三島的言行舉止根本不曾想得那麼深。

「吉田，像你這樣的傢伙，在她看來想必是相當礙眼的。」

橋本說著便聳了聳肩。

我無話可回。對此，我只有同意的份。

實際上，我都不知道自己被她數落過幾次了。

「……應該吧。」

「尤其是你把沙優藏在家裡的時候，從表面來看，你嘴上說的與實際做的事可以說完全相左。」

「是啊……之前我常常挨罵。」

真的，我記得，三島常針對我跟沙優牽扯的方式說東說西。

她總是保持客觀，明明客觀卻又帶著幾分情緒化。

有好幾次，三島說的那些話都讓我……

思考到這裡，我不禁警覺過來。

「嗯？」

我突然抬起臉孔，橋本便貌似不解地偏了頭。

「啊，沒事……」

我一面虛應敷衍，一面喝了口啤酒。

隨著冰涼而具刺激性的液體通過食道，逐漸流入體內，我感覺到，彷彿有一個說得通的想法落在心頭。

我一直認為自己能省思本身的生活是「拜沙優所賜」。

然而，真的只是因為那樣嗎？

重新回想就知道，根本想都不用想。答案是否。

由於我開始把沙優留在家裡，生活逐漸有了改變。而察覺到那一點的三島、後藤小姐、神田學姊及橋本，都從隔了一步之遠的位置關注著我，卻也願意提出點點滴滴的建議讓我知道該怎麼做。

那些意見慢慢滲透到心裡，幫助我選出了該抉擇的路。

「這樣啊……」

我的嘀咕讓橋本哼聲笑了笑，拋來了一道視線。

「怎樣？看你自顧自地擺了好像想通什麼的臉色。」

「呃……」

我又喝了口啤酒潤潤嘴。

然後，我感覺到，似乎有話語從心底被提取出來。

「原來，我都還沒有回報任何人……」

聽見我說的話，橋本猛眨了好幾次眼睛。

接著，他大嘆一聲。

「我說啊，吉田，有許多事你都想得太沉重了。」

「不知道……我能為三島做些什麼？」

「夠啦，太沉重了！就說你想得太沉重了嘛！」

橋本哈哈大笑，隨即舉起酒杯暢飲。

然後，他微微嘆了口氣。

「假如你有什麼能為她做的事，我想……那就是好好地把她甩掉吧。」

橋本回答得很明確。

當中的道理，我也自認明白。

受了三島的恩情，我希望用某種方式回報。我有這份心。

可是，那與這是截然不同的兩件事。

對於她的心意，我沒辦法用相同的好感回報。那樣做是在尋求安慰，提供的只是假象。

「我想呢，別讓這段感情要斷不斷。你應該做的，就是確實地將其了結。」

「……是啊，說得對。」

橋本像是講完了自己該說的話，於是開始悠哉地大啖烤雞。

在我看來，這傢伙總是能因時因地，確切理解該做些什麼，並且付諸行動。

雖然他常找我聊「以前追老婆一直被甩」的舊事，但他每次被甩就會換一套方針，比如在猛烈追求後突然放生，據說試了好幾種手段。

關於「跟他人相處」這件事，我在太缺乏經驗的情況下就長大成人了。跟橋本待在一起，總讓我有痛切的體會。

今天，我希望能跟他多喝幾杯。

「大姊，啤酒麻煩續杯。」

「你可別喝得太過頭喔。」

「知道啦。」

「要是在你回家的路上又有女高中生怎麼辦啊？」

「白痴，不會有第二次啦。」

「這可不好說。」

我一邊跟橋本互相打趣，一邊想到上次跟他單獨出來喝酒，當真是我初遇沙優那一天的事了。

說到底，兩個男人出來喝酒就是樂在不需要顧忌，逐漸打開話匣子的我們還聊起了工作與私生活……久違地拋開各種煩惱，歡度愉快的酒局。

即使如此，我之所以在察覺喝多了的時間點便決定散場……或許就是自己已經親身體會到，貪杯買醉可不曉得會發生什麼事的緣故。

第8話 援手

跟橋本單獨去喝酒的隔天。

要說我在上班前先做了什麼事……

「噢，三島……早安。」

「前輩早安。」

「我說啊，今天下班以後……」

「啊，我想在上班前去一下洗手間。」

就是找三島搭話，並且跟她敲好約定。

然而，三島卻在平淡地問候之後，就從辦公室離去。

儘管態度並沒有冷漠到讓人覺得她在生氣，三島「一如平常」的模樣倒顯得不自然

而今我困惑。

我明顯是被她迴避了。

「唉……」

當我沮喪地回到自己座位，橋本便露出苦笑望向我這邊。

「傷腦筋呢。」

「她也不用那麼露骨地迴避我吧。」

「喔，你進步到起碼能發現自己被露骨地迴避了啊。」

「囉嗦……」

我放棄了上班前的空檔，但是連午休時想找三島講話都被她找理由溜掉，到最後，明明她平時不管有什麼事情都會跑來向我口頭報告，偏偏今天卻用公司內部的通訊軟體做完報告就了事。

越不過雷池半步，指的就是這種狀況。

然而這一類的問題拖晚了，將會越來越不方便當話題，不知不覺便自然消逝……會如此演變並不難想像。

我認為，趁今天找三島搭話是很重要的。

話雖如此……三島還是一律拒絕跟我接觸，回神後已經是下班時刻了。

「那我先失陪嘍。加油。」

橋本一面對我表示關心，一面卻還是跟往常一樣，在下班時間立刻閃人。

我目送他的背影，發出嘆息。

望向三島的辦公桌，一瞬間，我跟她對上目光。然而她立刻轉開視線，凝視起螢幕。恐怕是業務日誌寫到一半吧。

怎麼辦好呢……？

當我正為此苦惱時，突然感覺到後面有人使勁朝我肩膀靠了上來。附滾輪的椅子頓時往前滑動。

「好痛！」

腹部重重地撞到桌邊，讓我叫出了聲音。

回頭看去，靠著我肩膀的是個意想不到的人物。

「妳、妳在做什麼啊……神田學姊？」

「吉田～」

神田學姊咧嘴一笑，旋即離開我身邊。

「啊，抱歉害你撞到肚子。我沒想到椅子移動的幅度會那麼大。」

「不會，我沒事……」

「看來你好像有困擾。」

神田學姊依舊帶著賊笑，側眼朝我望了過來。

「學姊說的困擾……是什麼意思……？」

「你又來了。」

學姊把嘴湊到我耳邊，悄悄地說道：

「所以你跟三島發生了什麼嗎？」

當我訝異地轉向學姊那邊，她便刻意似的「啪」地彈了舌頭，然後用食指指向我。

「被我說中了。」

「……哎，是那樣沒錯……」

「然後，你就被她迴避了。」

「對。」

「但你本身是希望跟她談一談。」

「請問，學姊為什麼會知道那麼多……？」

「看就曉得了嘛。」

學姊哈哈大笑，接著，她還用手肘頂了我的背。

「好啦！既然這樣，事情包在學姊身上。」

「咦，等等……！」

話一說完，神田學姊便從我的辦公桌匆匆離去。

她走去三島的辦公桌那邊。

「三島～妳待會有空嗎？」

「咦？」

被神田學姊忽然搭話，讓三島把背脊挺直得宛如狐　一樣。

「呃……有、有什麼事嗎？」

「不用那麼緊繃啦。我有點事想找妳討論……」

「我、我嗎？」

「沒錯。但是在公司也不方便……要不要去喝一杯？」

「喝一杯嗎……？」

三島的視線不置可否地到處亂飄。

與其說是「排斥」，更像「為難」的模樣。

神田學姊對答不出話的三島視若無睹，還猛然抬起臉孔，朝這邊看了過來。

「還有，吉田！」

「耶？」

學姊突然拋來視線，讓我發出了詫愕的聲音。

三島也猝不及防似的看向我。

「吉田待會也有空嗎？」

「咦？呃，我沒事，有空是有空啦……」

「啊，是喔？那一起去喝酒吧！有空就別推託嘍。」

「好、好的……我明白了……」

原來如此。我看懂狀況了。儘管我這麼想……轉眼看向三島那邊，就發現她帶著一副苦瓜臉，視線還在我跟神田學姊之間來來去去。

三島似乎認為我們在聯手算計她，然而我可不知道學姊圖的是這個，因此並不希望三島存有誤解……

不過，我想都沒想到事情會如此解套。既然是來自神田學姊的邀約，三島再不領情也很難拒絕吧。雖然對三島不好意思，與其被她溜掉，我認為這樣好得多。

「所以嘍，三島。妳覺得如何？」

「那個，我……」

三島的臉色依舊黯淡。大概是因為談到了我的名字，她散發出比剛才更露骨的氣場表示「不想去」。

「怎樣怎樣？看你們聊得滿歡的嘛，我也要參加。」

「……！」

彷彿來補上臨門一腳的人，是後藤小姐。

我跟三島的肩膀同時抖了一下。

另一方面，神田學姊眨眼望向後藤小姐以後，臉色頓時一亮。

「喔，妳來得正好耶！哎，我有點事情在煩惱……所以想聽聽成熟的各位有什麼意見。後藤小姐，妳今晚也一起去如何？」

神田學姊簡直像是事先就已經準備好說詞，以流暢的口條邀後藤小姐。於是乎，後藤小姐也二話不說答應了。

「哎呀，神田小姐會拜託我還真是難得。當然好啊。」

事情一發不可收拾了……

我瞥向三島，發現她這次明顯朝我瞪了過來。

我急忙用力搖頭。

這並不是我安排的啊！！！

雖然不曉得意思有沒有傳達過去，但三島深深嘆氣之後，不情不願地點了點頭。

「反正我也沒有別的規劃……既然話都說到這個份上了，去就去嘍……」

「好，就這麼說定了！我現在去聯絡店家訂位！你們趕快收拾下班。後藤小姐也是，麻煩妳。」

「好～我立刻做準備。」

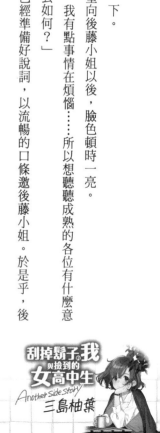

「……好的。」

神田學姊和後藤小姐看起來格外有活力。

反觀我與三島陷入了目瞪口呆的狀態。

神田學姊朝我回過頭，還狀似刻意地眨了眨眼睛，使了眼色給我看。

見我回以苦笑，學姊咧嘴笑了笑，一邊從口袋掏出手機，一邊回自己座位了。

我嘆了口氣，隨即起身。當我開始收拾準備下班時，感覺到了一陣陰冷的視線。抬起臉孔，三島便與我目光相接。

她帶著一副難以言喻的表情凝望我這裡。

可以曉得神田學姊是不忍心看我跟三島這樣才出面解圍的。然而，她對狀況察覺了多少？又是打著什麼主意伸出援手的？這我就全然不知了。

我聳了聳肩，想表達自己對狀況也不甚清楚，三島便再次狠狠地瞪了我，並且大聲敲起鍵盤。她應該是在替業務日誌收尾吧。

儘管託學姊之福，我有了跟三島對話的機會。

跟三島兩個人獨處對話也就罷了，在神田學姊與後藤小姐都同桌的狀態，我總不能直接聊起之前發生的那件事……

該怎麼辦好呢？我左思右想，結果卻始終想不出多好的主意，就這麼前往酒局了。

第9話　正題

「就是啊。仙台分公司都是些喜歡性騷擾的老頭，真的很麻煩呢。就那點而言，這邊的主管都是偏年輕的已婚者，所以我才得救了。完全不用怕性騷擾。」

「呵呵。畢竟當主管還沒結婚的只有我啊。」

「啊，我談這些倒沒有那層意思……害妳放在心上了嗎？」

「不，一點也不。我根本沒有放在心上。」

「唔哇，感覺會被記恨，好討厭喔～」

神田學姊訂的是價位稍高，而且環境安靜的居酒屋。

在和式客席坐定以後，所有人都點了酒還有立刻送上的小菜。神田學姊與後藤小姐一直聊著無關痛癢的話題。

雖然她們倆頭一次像這樣在酒局面對面，聊開的程度卻讓人看不出來是如此。

老實講，我不認為她們倆會是合得來的搭檔，然而神田學姊不拘小節的搭話方式，後藤小姐都會靈活應對，氣氛比想像中和諧。

在學姊旁邊，有三島帶著生悶氣的表情聽兩人對話。

我說妳啊……在有上司的酒局擺那種臉不行吧……我心裡固然感到焦急，但她們倆都顯得不以為意。

「而且年輕男職員說來都是些乖乖牌呢。雖然遠藤就有一點痞……啊，妳知道嗎？那傢伙來仙台分公司時，曾經找我搭訕喔。」

「是喔？遠藤他確實有點痞，應該說粗枝大葉吧，但印象中不太會去勾搭女生……他對妳會不會挺認真的？」

「哪會啊？肯定只是因為我比那些撐得過大叔性騷擾又假正經的黑長髮女生好調戲而已啦。」

遠藤誰不好找，偏要找神田學姊糾纏……如此暗想的我聽著她們聊天，心態有些事不關己。

「吉田，你覺得呢？」

「耶？」

話題突然拋來，使我發出糊塗的聲音。

「所以說，你覺得遠藤對我是認真的嗎？」

「誰知道啊？畢竟那傢伙都跟小池黏在一起，原本我還以為他是重友情甚於愛情的

類型。」

「哦～…………這樣的話，或許他並不是隨便搭訕的。我會不會辜負了對方的心意啊？」

「呃，既然學姊聽了不覺得是認真的告白，我想無妨吧？錯在開口告白還傳達不了心意的那一方。」

我這麼說完，坐對面的三島就抖了抖肩膀。

接著，她狀似在責怪什麼一樣地用視線朝向我。

我好像聽見坐我旁邊的後藤小姐微微地哼了一聲。

「那個！」

之前都默默小酌的三島終於開口。

「嗯？」

神田學姊呆呆地偏過頭。

三島則明顯不耐煩地一邊望著神田學姊，一邊說道：

「記得妳不是說有事情想找人商量嗎？」

被三島一說，神田學姊刻意似的眨了眨眼睛。

「奇怪，我有那麼說過嗎？」

「啥……？」

三島先是從喉嚨深處發出了洩氣的聲音，接著看向後藤小姐那邊。

後藤小姐也跟著聳聳肩。

「妳別擺出那麼嚇人的臉色。的確，神田小姐好像有那麼說過，但那算場面話嘛。」

她依然心情絕佳地如此表示，咕嚕咕嚕地喝起了酒。

神田學姊也接腔似的悠然點頭附和。

「對對對，只是想出來喝酒嘛～」

神田學姊這麼說完後，便朝我瞥了過來。

接著，她補上一句。

「我們都是這麼想的，對吧？」

可以曉得的是，我有呼吸困難的感覺。

……都已經讓人幫忙安排了這麼多，我總該主動說些話才行。

我從鼻子裡緩緩吐了氣。

神田學姊和後藤小姐真的是不忍看我跟三島捉迷藏，才會代為費心吧。

神田學姊將威士忌酒杯斜舉，杯中的冰球便叮噹作響。

然後，她瞇眼朝我看來。

有話快說——我感受到學姊如此催促的意念。

我這才下定決心。

「欸，三島。」

我對三島喚道，看得出她的身體頓時顫了一下。

「什、什麼事……？」

三島以流露出些許緊張的語氣回話。

朝向我這邊的視線裡多有遲疑，當中明顯浮現著「不安」之色。儘管她的表情總是變來變去，看起來會這麼軟弱倒也稀奇。

我緩緩呼吸，向她開口。

「我想跟妳談之前那件事的後續。之後有時間嗎？」

我斷然問道。而三島瞬間「唔」地露出痛苦似的臉色。

「之後……前輩說的之後，是指這次酒局後嗎？」

「沒錯。」

「那時間就滿晚了耶？」

「我知道。」

三島彷彿在期待我變卦而進一步提問。

然而，沒辦法退讓的我，明確地接著回答她。

三島狀似為難地變得語塞，視線遊走於除了我以外的另外兩人之間。

然後，她低聲說道：

「後、後藤小姐覺得可以嗎？」

三島所說的話，讓原本正準備斜舉啤酒杯的後藤小姐停下動作，偏了偏頭。

「怎麼會提到我？」

「呃，因為……後藤小姐是……」

「目前談的跟我無關吧。那不是妳跟吉田的事情嗎？」

對方的話一針見血，三島詞窮後淺淺吸了口氣。

「話是那麼說沒錯……」

後藤小姐對支支吾吾的三島回以一抹微笑，沒有再多說什麼。

三島看後藤小姐默默喝起酒，又為難似的逡巡起視線。

明顯無路可退。

我不趁現在把握機會的話，她們倆幫忙做的安排就會失去意義。

我一面慎選用詞，一面明確地表達：

「因為我是個笨蛋，希望妳有想法的話就別躲避，直接告訴我。假如有我該道歉的地方，我會希望跟妳好好道歉。」

三島煎熬似的呼出氣息，沉默了許久。

然而，沉思到最後，她無力地點頭說：「我明白了……」

我放下心來，為了放鬆身體而深深吐氣。

「謝謝妳。」

「……」

三島無所適從似的碎動起來。

見事情談妥，神田學姊露骨地當場開我玩笑。

「居然喝到中途就找了個女生搭話，吉田你很賊耶。」

「真的呢。」

神田學姊與後藤小姐意氣相投地開口損我。感覺上，這兩人的個性還真的挺對盤。話說回來，她們合拍成這樣可真討厭。

「妳、妳真的覺得可以嗎……！」

在輕鬆的氣氛中，只有三島露出凝重的臉色。她急迫似的望向後藤小姐。語氣相當緊張。

後藤小姐從鼻子緩緩呼氣。

「哪有什麼可不可以，現在是妳介意他人的時候嗎？」

她如此說道，瞇起了眼睛。

「妳的心思，應該要專注在妳自己的事情上吧。對妳而言，我以及神田小姐都算是配角。我有說錯嗎？」

「是那樣沒錯……不過……」

「我呢，會照我自己的意思做。所以，妳也要自己做主。」

把話說清楚以後，後藤小姐便叫住路過的店員，加點了續杯的酒。

態度表露出她不願意再聽三島爭辯些什麼。

三島像是被挫了銳氣而消沉下來。

神田學姊先是哼了哼聲，接著用食指比向後藤小姐面前的空杯。

「沒想到妳滿能喝的耶？」

被神田學姊這麼一說，後藤小姐作戲似的在桌上托起腮幫子，還微微偏了偏頭。

「我看起來像不會喝嗎？」

後藤小姐的那個問題，讓神田學姊嘻嘻晃起肩膀。

「嗯，我覺得別用問題來回答問題比較好喔。聽了會很煩。」

「啊哈哈！三島也那樣說過我～」

神田學姊口無遮攔地說。後藤小姐像是被逗樂了似的哈哈笑著回話。

看來，後藤小姐似乎真的不介意我跟三島做出的口頭約定。她只是拿我們當藉口在喝酒。

然而，從隻字片語中可以感受到她「對三島的」體貼，我和三島也就沒有再插嘴。

後藤小姐對我來說是意中人，明明如此，我到現在還是不太懂她的想法。

即使如此，這次我只能坦然感謝她。

儘管神田學姊有時會打量似的看著那樣的後藤小姐，卻還是配合後藤小姐的興致，貌似開心地喝著酒。

「不過，今天吉田跟三島玩的捉迷藏還真有趣耶。」

神田學姊側眼望著三島暗笑。

「三島就連上班打混都是明目張膽的，我可是第一次看到她那麼露骨地左閃右躲，好玩好玩。」

「我懂妳的感覺。我今天上班都沒辦法專心。」

「看了會想要配爆米花呢。」

「要不是在辦公室，我已經拿酒出來喝嘍。」

「欸，妳們哪裡來的興致啊！會不會損我損過頭了！」

三島像是承受不住神田學姊與後藤小姐的攻勢而扯開嗓門。

她滿臉通紅地一邊瞪著嘻嘻笑的年長組，一邊大口把酒乾了。

「店員小姐！再來杯鮮橙黑加侖調酒！」

「喔，喝得夠豪氣！看來妳催動引擎嘍～」

「這樣算是靠職權勸酒喔。」

「我沒有逼妳喝耶？啊，我也要再來一杯傑克丹尼加冰。」

只見三島逐漸變回平時那個強勢的職場後輩，我感到有些寬心。

假如是兩人獨處，肯定會讓三島從頭緊張到尾。而且，顯而易見的是我看了她那樣也會跟著緊張。

我不曉得神田學姊與後藤小姐對我們之間的事察覺了多少，但既然我跟三島什麼也沒說，至少可以確定她們並非全盤知情。

在這種情況下，她們能如此貼心，還肯幫忙提供對話的場合又不至於讓氣氛險惡，對此我真的只懷有感謝。

將來得回報她們才行。

我一邊思索這些，一邊跟著喝起啤酒。

三島也喝開了，幾位女性正在妳一言我一語地拌嘴。

我不知道該用什麼立場加入三名女性之間的對話，基本上都是堅守聆聽者的角色，感覺實在坐不住，另一方面卻也覺得能看見跟自己有所往來的三個人像這樣把酒言歡，心情並不壞。

當我暫且停止思考之後的事，一邊聽著談笑以及小吵小鬧，一邊享用酒與下酒菜，可以曉得的是醉意也就漸漸地上來了。

有股衝動讓人想忘懷緊張直接醉一場，但是我不能忘記本分。

在我一邊適度節制，一邊喝酒的過程中，酒局正分分秒秒地接近結束的那一刻。

第10話 邀約

喝了約兩小時，客席的用餐時間一到，酒局就乾脆解散了。

「那麼，今天由我來買單。」

「咦，那樣不好啦。」

我不禁攔住將帳單迅速抽走的後藤小姐。

見狀，神田學姊露出苦笑喚了一聲：「吉田～」

接著，她悠悠地搖頭告訴我。

「主管會說『我買單』，自然就是要報公帳啊。」

「咦？」

我不禁發出糊塗的聲音。

說起來，假如是由公司召開讓眾人同樂的酒局，感覺普遍都會那樣辦理，但我跟後藤小姐像這樣在下班後出來喝酒，一向只有讓某一方請客或各自出錢兩種選擇，因此便完全遺漏了「報公帳」的概念。

「但是，我們以往都……」

「噓～吉田。」

後藤小姐將食指豎到了嘴前，以便制止我再說下去。

「你和我私底下喝酒時，跟公司員工聚在一起喝酒是兩回事嘛。」

後藤小姐如此暗笑著說道。

聽見她那句話，神田學姊發出了一聲「唔哇」，三島則是嗤之以鼻。

「講話語氣好賊喔。什麼嘛，原來你們兩個相約喝酒的次數那麼頻繁啊？」

神田學姊用肘子頂在後藤小姐的胳膊轉了轉。短時間內未免混得太熟了吧。

「哎，所以今天的費用大概能夠報公帳。即使報不了，我也會負責出錢。反正喝得很愉快。」

後藤小姐斷然說完，就順勢將店員叫來了。

「麻煩結帳。」

後藤小姐如此告訴店員，親切的女店員便微笑答道「請稍待」，急忙縮回櫃台內。

「謝謝招待～」

神田學姊用慵懶的聲線將雙手合十。

我和三島也低頭道謝：「讓妳破費了。」

「都說是報公帳了嘛。」

後藤小姐嘻嘻發笑。

「很久沒參加到這麼愉快的酒局了。感覺大家比以往又更熟了一點。不嫌棄的話，下次再聚吧。」

神田學姊聽後藤小姐那麼說，狀似刻意地當場板起了臉孔。

「咦～讓後藤小姐親近，好像令人消受不起耶？」

「呵呵，妳今天對我太沒禮貌了。」

「都沒有人敢冒犯，也是滿無聊的吧。」

「……聽妳講話，總覺得火氣會上來呢。」

「彼此彼此嘍。」

她們倆互瞪了幾秒後，便同時笑逐顏開。

未免太合拍。

我瞥向三島那邊，發現她也傻眼似的放鬆了表情。

所有人一邊享受著喝過酒的舒暢乏力感，一邊順利結完帳，然後來到店外。

「呼～雖然說春天就快到了，還是有點冷呢。」

神田學姊在店門前摟住自己的肩膀，縮起了身子。

接著，她側眼朝我看來。

「吉田，能不能給我溫暖？」

「呃，學姊，妳還是別開那種玩笑……」

「吉田前輩之後有事情要跟我談！」

三島擠進我跟神田學姊之間，威嚇似的瞪向學姊。

「啊哈哈，三島恢復本色了。」

神田學姊哈哈笑著嘀咕：「真沒辦法。」

接著，她迅速湊向後藤小姐那邊。

「那我們就先告退嘍。」

學姊跟後藤小姐站到一塊並且這麼說，後藤小姐便緩緩開了口附和。

「那麼，公司見。」

後藤小姐交互看了看我跟三島，露出微笑。

神田學姊也做出同樣的舉動。

「兩位慢走～」

然後她們就作戲似的當場說道。

「大家辛苦了……」

我跟三島也跟著回禮。

後藤小姐與神田學姊率先朝車站走去了。

「要續攤嗎？」

「咦～後藤小姐，要跟妳單獨喝酒就有點……」

「別那麼說嘛～」

或許是我的心理作用吧，狀似完全聊開的後藤小姐與神田學姊一面東拉西扯，一面以比平時更快的腳步離去。

……那似乎是在體貼我們。

尷尬的沉默從留在現場的我與三島之間流過。

我戰戰兢兢地望向三島，發現她一臉凶悍地瞪著我。

「欸……妳突然這樣是怎麼了？」

我不自覺地直接把內心的感覺說出口。

三島剛才鬧來鬧去不也喝得挺愉快的嗎？

「……前輩都說出去了嗎？」

總算開口的三島向我問了這麼一句。

「咦？」

我不明白那指的是什麼。反問以後，三島就猛然張大嘴巴，吼也似的說道：

「所以說！前輩把被我告白的事！都告訴那兩個人了嗎？」

三島的大嗓門迴盪在街上，可以曉得有行人把視線轉向我們這裡。

而我對她的疑問，也有了痛切的理解。

「不不不，我沒有說啦！我什麼都沒說！」

我連忙回答。三島似乎也察覺了周圍的視線，害臊似的一邊垂下臉，一邊點頭如搗蒜。

「……這樣啊。」

三島看似有苦說不出地嘆了口氣。

接著，她低聲吐露：

「直覺太靈敏的大人真難應付……」

「……是啊。我也一直提心吊膽的，誰曉得她們看出了多少？」

儘管我這麼接話，卻又轉念認為事情不全然如此。

「不過……多虧她們，我才能跟妳講話。對我來說，算是得救了。」

我補上真心話，三島便理虧似的將目光從我面前轉開了。

接著，她一邊垂著眼睛，一邊說道：

「……所以呢，前輩想談事情，是要在哪裡談？總不會說在這裡談吧。」

「啊，那當然不會了。我們就找一間咖啡廳……」

「我、我不要去咖啡廳。」

三島突然抬起臉孔，還用力搖了搖頭。

她拒絕的態度太過強烈，讓我不知所措。

「為……為什麼啊？」

「因、因為……又會像上次那樣……」

話說到這裡，三島變得有些吞吞吐吐。

啊，這麼說來……

去看電影的那天，我惹三島生氣，害她失去理智也是在咖啡廳。無論是在咖啡廳裡或離開到外頭之後……周圍的視線想必都很令人在意吧。

可是……除了咖啡廳以外，還有哪裡能讓我們靜下來講話嗎……？

當我拚命思考去處時。

「前輩。」

三島就怯生生地開了口。

「……請問，你要不要來我家呢？」

那句話，以文字資訊的形式，掠過了我的思緒。

去三島家裡。

在這種大半夜。

「……咦？」

即使將狀況釐清，我還是只能發出糊塗的聲音。

＊

三島挑了她的家，來當安靜談話的地方。

在這種時間到女性家裡未免不妥……我如此心想。三島卻表示「反正吉田前輩對我也不會動歪腦筋！」就把我辯倒了。

儘管我覺得有許多問題，無奈她本人聲稱那裡適合談事情，我只好說服自己接受。

正如她所言，我萬萬不可能動歪腦筋。

三島的家，位於搭電車通過離我家最近的車站後，再隔個兩站的地方。

我們在她住的城鎮下車，並且走過車站前。

「沒想到妳跟我住得滿近的。」

我說道。而三島愣愣地盯著我的雙眼，隨即忍俊不禁。

「前輩不是來過一次嗎？」

這麼說來，是那樣沒錯。

連遲鈍的我，都能從她的語氣感受到斥責「你居然不記得」的言外之意。

我並非不記得。但是……

「畢竟，當時我心裡急得不得了……」

我老實地如此回答。這次三島帶著難以言喻的臉色哼了一聲。

「啊哈哈，這麼說來……是那樣沒錯呢。」

雖然整體而言，三島今天一直都將矛頭指著我，現在看來倒是跟先前困惑的模樣不同，彷彿回到了平時的調調。

我不明白三島在心境上有什麼變化，但是她能回歸平時的本色，讓我稍微安了心。

該怎麼說呢？看她表面故作平靜，明確表示的卻只有拒絕之意……很令人落寞。

平時我根本不會深思關於三島的事情，然而被她用那種方式拉開距離就變得不知道該如何是好，說來也挺窩囊的。

遲早有一天，三島會對我心灰意冷吧。

我不知怎地有了這種想法。

「前輩，我們到嘍。」

三島說著，停在從車站走路不到十分鐘的一間小公寓前面。

的確，看了有印象。之前我有來過這裡。

明明如此……總覺得氣氛跟當時不同。

那時候，我只是來接沙優而已。

然而，這次我會走進三島的家裡，在那裡跟她談事情。要談的，還是個相當複雜的問題。

總覺得……有種平時不會出現的緊張感。

「請進。」

爬上公寓的樓梯，抵達三樓以後，中間那一戶就是三島的家。

三島將門打開，邀我到家裡。

「打擾了……」

我脫下鞋子，踏進了三島的家。

屋內是一房一廳的格局。而我被領著通過了廚房兼用餐空間，儘管心裡頭覺得不該東看西看，視線卻自然而然地動了起來。

簡約整齊的一間屋子。

桌椅統一成白色與黑色，以格局來說顯得滿寬敞。

可以說令人意外，也可以說符合三島的作風……房裡讓我感覺到，有種難以言喻而又屬於她的「個人風格」。

不，基本上……對於三島，我了解的肯定不多。

無論三島的房間是什麼模樣，或許我都會認為「有她的風格」。

然而，走進屋裡都不講話感覺也挺尷尬，一回神，我已經把想到的觀感直接說出口了。

「原來，妳的房間滿整齊的嘛。」

我嘀咕以後，三島就瞪圓眼睛，呆掉似的朝我望了幾秒。

難道自己又說錯話了嗎……我剛這麼想。

「啊哈哈。」

她突然笑了出來。

三島彷彿由衷感到有趣地嘻嘻笑個不停。這是她今天笑得最開心的一次。

「怎、怎樣啦……」

我在寬心的同時，也好奇她笑成那樣的理由。

然而，三島回過頭，先是把包包草率地甩在地板上，接著脫起了外套。

「沒有，沒什麼事……呵呵，有意思。」

三島打開衣櫥，從中拿出兩支衣架。

一支用來掛自己的外套，另一支衣架則遞來給我。

「請用。」

「噢……謝、謝謝。」

我從依然笑逐顏開的三島手裡接過衣架，並將外套掛上去，三島就把它接到手裡，然後走向窗邊，把那些都掛到了窗簾架上。

隨後，她咕噥了一句。

「……還好，我都有勤快打掃。」

接著，三島迅速回頭轉向我，偏了偏頭。

「前輩，你要喝咖啡吧？」

「可、可以啊……來一杯好了。」

「沙發，請隨意找地方坐。」

「……那就承妳美意嘍。」

讓我幫忙吧——我本來想這麼說，卻可以想見結果就是被她擺臉色拒絕。我乖乖地照吩咐在客廳的沙發坐了下來。

在沙發對面，擺著一台尺寸相當可觀的電視。那是在這間屋子裡最具存在感的電器用品。

三島給我不太看電視的印象，因為她都沒有主動聊過那一類的話題。

我猜，她肯定是用這台大電視看電影的吧。

不，或許三島只是沒提起，說不定她放假也會窩在家裡看電視節目。

如此思索後，我體認到自己果然對她一無所知。

三島正靜靜地沖著咖啡。

客廳裡懸掛的壁鐘發出秒針走動聲。

蒸氣徐徐噴湧的聲響從熱水壺傳來。

另外，甚至連我碎動時也有衣物窸窣摩擦的聲音。

聽起來都格外大聲。

幾分鐘過後，咖啡香醇的味道飄散而來。

然後，三島拿了兩只馬克杯來到客廳。

「前輩要加奶精嗎？還有砂糖。」

「不了，妳難得沖的，我就喝黑咖啡吧。」

「呵，什麼叫難得啊？」

馬克杯被遞來，我戰戰兢兢地接到手裡。

此時，雙方的手指稍稍有了接觸。我聽見三島倒抽一口氣的聲音。

視線抬起後，我瞬間與三島目光交接。然而，她立刻就轉開了。

三島咳了一聲清嗓，並且緩緩地在我身旁坐下。

兩個人坐在雙人座沙發，距離近得好似能讓肩膀相觸……我難免有些緊張。

而三島似乎也一樣，尷尬的沉默持續著。

在我們啜飲了幾口咖啡以後。

三島微微吐氣，然後說道：

「之前的事……我要向前輩道歉。」

「咦？」

我不禁看向三島那邊。

我想都沒想到自己會被道歉。明明打算來道歉的是我。

「我自顧自地把話講完以後，就逃也似的回家了。」

「啊……沒有……那件事說起來……」

我不知道該怎麼回話，一時語塞。

錯不在妳。我明明想這麼告訴三島，不知怎地卻沒能把話說出口。

大概是因為，我對她當天的舉動也感到困惑。

「我其實也曉得，自己那樣說話會讓吉田前輩為難。但就是停不住……」

三島一邊用手指輕撫馬克杯，一邊這麼說。

「我明明沒有那個意思的……前輩，真的很抱歉。」

這一次，我才明確地對她搖頭。

「錯不在妳…………即使我這麼說，妳肯定也不會心服吧。但是，錯的絕對不是『只有妳』。我敢向妳斷言。」

當時，我明確地觸及了三島內心不希望被人碰觸的部分。而且，我連那代表著什麼都不懂。

「……對妳而言，那就是如此重要的事……而妳一直都沒能說出口吧。」

我如此說道，三島便帶著難以言喻的表情點了點頭。

「……是的。」

「…………對不起。我沒能察覺妳的想法。」

「那並不能怪前輩…………呃，不對，我自認表示得很明顯就是了……」

「我也被橋本念了。」

「原來你有告訴橋本前輩嗎！」

三島滿臉通紅地看著我。

這件事就算撒謊也沒用。我坦然承認了。

「當然有啊。畢竟他是我的好友。況且……這也不是我能獨自扛起的問題。」

我的這番話讓三島屏住呼吸，咬牙切齒似的閉了嘴。

沉默再次降臨。

時鐘運作的聲音，聽來格外響亮。

剛才，三島主動帶起了對話。這一次，感覺輪到我主動開口了。

「我想跟妳做個確認……」

我把馬克杯擱到沙發前方所擺的矮桌上，轉向三島那邊，面對面地望著她。三島也同樣擱下杯子，露出緊張的臉色。

「……好的。」

她畏懼似的轉開了視線，卻反反覆覆地一會將視線瞥過來，一會又轉開。

「妳、妳那時候，吻了我……那個吻是認真的，對不對？」

我問道。而三島在吸鼻子以後，顯得有些臉紅地點了點頭。

「當然是認真的啊。我才沒有輕浮到會抱著惡作劇的心態親吻別人呢。」

「我、我明白。做個確認而已啦，確認而已……」

我也一邊感覺到自己臉頰的溫度上升，一邊搖起頭。

心境變得莫名難為情。

然而，眼下並不是讓我像高中生一樣青澀地隨之動搖的時候。

我緩緩地吸了氣，然後吐出。

「那、那麼……我得確實給妳答覆才行吧。」

聽我緩緩地如此說道，三島突然變得神色緊張，使勁搖了搖頭。

「不、不用了！不用給我答覆！」

「咦？」

我訝異地望向三島的眼睛，發現她露出苦笑，再次搖搖頭。

接著，她垂下目光說：

「……我了解前輩的意思，所以不用了。」

三島的語氣流露出看破的想法，讓我不知道要怎麼回她。

她會那麼想也是在所難免。畢竟我都沒有發現三島的心思，總是表現得冷漠無情。

看我什麼話都說不出來，三島不禁莞爾。

「被前輩擺了那種臉色，即使是傻瓜也懂嘛。」

話一說完，三島便露出了遙望似的眼神，接著以較為柔和的語氣繼續說道：

「何況……歸根究柢，錯的都是我。吉田前輩，你沒有任何一件事需要跟我道歉。是我自己吐露了沒辦法向別人發洩的心思，遷怒在你身上罷了。如此而已。」

「不過，妳一直很難受吧，三島。」

我的這句話，讓三島的表情頓時變得僵硬。

「那……並不是前輩需要在意的事。」

「就算那樣！既然妳是因為我而受苦……」

「請不要再說了！」

三島扯開嗓門。我隨之心驚。

她似乎是為了克制住忽然湧上的情緒，改而低聲地告訴我。

「當作是我自找的不就好了嗎……」

「妳自找的？」

「對呀。愛上前輩是我自找的，只是我發現沒辦法如願，就像個小孩一樣當著前輩面前鬧了脾氣。這是一場隨處可見的失戀啊。說成前輩傷害到我合理嗎？並不合理吧。只是我自找的而已。前輩沒有任何過失。」

「妳要那麼說的話，萬事都可以解讀成個人自找的吧。即使如此，妳受苦的事實仍不會改變。」

「我都說……不是那樣了……」

「什麼叫不是那樣？妳都快要哭了吧。長大成人以後還會在人前變成那樣，就表示內心是相當難受的吧。假如用一句『自找的』將事情帶過，妳永遠也無法整理情緒……」

「我強調過了！請前輩別再說了！」

三島吼道。可以感覺到房裡的空氣似乎受了震盪。

原本我即將脫口的話哽在喉嚨裡頭。

三島瞪向我。

「吉田前輩，為什麼你每次都要像那樣，把別人的事情攬在自己身上思考呢？如此一來會受傷或疲累的，不都是你自己嗎？」

「因為我……」

「因為你不想被我討厭？」

三島所說的話，讓我覺得心涼了半截。

或許我只是希望在每個人面前都能保有良善的面孔。

她記得我說過的那些話。而且，還把那當成我的弱點，犀利地針對過來。

三島以跟言語一樣銳利的視線望向我。

「以女人而言，你對我不感興趣，更沒有交往的意思。但你還是想擺出一副良善的面孔？想當一個誰都不傷害的人？」

「我沒有那麼說……」

「吉田前輩！你就是那樣才讓我討……討……」

氣沖沖地說到這裡，三島的眼眶就濕了。她到處游移著視線，最後垂下臉孔。

從三島的喉嚨發出了嗚咽聲。

「三、三島……？」

「唔……為什麼……」

三島一邊帶著鼻音，一邊猛搖頭。

「我不懂……」

「咦？」

「我不懂這是為什麼……！」

她像是要將滿腔激情吐出而繼續說道：

「我曾覺得你是個麻煩的人。你不會將任何想法強加於我，又總是站在呵護著我的立場，真搞不懂你對我有沒有興趣……但你又絕對不會棄我於不顧，讓我很焦躁……」

三島滴滴答答地流下眼淚。

面對她吐露的情緒，我什麼都說不出口，只是默默地聽著。

「焦躁歸焦躁，我卻在意起你了。我怕有那麼一刻，你會棄我於不顧；同時又懷著同等的期待，希望你能拋下我。希望你能放棄永遠也不肯學著把工作做好的我。」

「但……妳已經願意好好工作了啊……」

「我明明是希望前輩放棄我的！現在卻變得害怕被前輩放棄！」

三島嘔氣似的說。

「每次……每一次都這樣！我的心與行動總會相左。我好想盡快被你討厭，然後就可以求一個痛快。但是，我又怕被你討厭。當這種『相左』一直持續……」

三島抬起臉孔，並且用哭花的臉看著我。

「我才發現，這就是戀愛。吉田前輩，明明我不知道自己喜歡的是你哪一個部分，也不知道你有什麼地方能讓我喜歡，我卻不由自主地受到了你的吸引……！」

「三、三島……」

「我才不想體驗……這種莫名其妙的心境……在故事裡就夠了……我只要旁觀別人戀愛的故事就夠了……明明是這樣的……！」

三島彷彿忍無可忍地又一次垂下臉孔，淚流不止。

而我不知所措地慌張到最後，才戰戰兢兢地伸出手，緩緩摸了摸三島的背。

三島發抖的背影，嬌小得令我吃驚。
我一直都認為，她是個既囂張又堅強的女性。然而，像這樣弓著背哭泣的她，看來卻像個嬌弱纖細的女性。
她就是在這麼嬌小的身軀裡，填滿了許許多多的情緒，傾全力談著戀愛。
而我，卻一直渾然不覺……
「三島……我果然傷到了妳。」
我不自覺地咕噥。而三島依舊垂著臉，左右搖了搖頭。
然而，狀況並不容許我仗著她的溫柔，藉此聲稱自己沒錯。
「我呢……只能從自己的觀點看待身邊的事。而且我根本一點也不曉得，妳是像那樣把我放在心上……」
「要說的話，每個人都是那樣啊……！」
「但妳壓抑了那樣的心意，對我跟後藤小姐的事，還有我跟沙優的事，都給了許多的建議吧。」
「那是因為我……」
「三島，因為妳很溫柔。」
「不對……不是那樣……！」

「在我看來就是那樣沒錯。妳很溫柔。而我一直仗著妳的溫柔，持續對妳造成了傷害。」

「我不是說了，事情並不是那樣啊！」

三島終於吼了出來，還用哭花的臉瞪向我。

「你那種態度，就是我最討厭的地方！」

被她明確地道出「討厭」二字，我倒抽了一口氣。

「吉田前輩，儘管你聲稱只能從自己的觀點看待事情，還假裝有所反省，說到底你還是只會透過屬於你的濾鏡來看待我嘛！居然用溫柔形容我，錯得也太離譜了！誰教前輩總是用那種態度縱容我……！」

縱容，三島的用詞讓我感到掛懷。我並沒有那種意思。

「在我看來，妳是很溫柔啊。實際上，妳明明懷著那種心意，卻忍到了這一刻吧，三島！」

「那麼！前輩願意為我做什麼呢！是要安慰受傷的我嗎？還是改口說喜歡我，然後把我抱到懷裡呢？」

「這……」

「辦不到對吧？畢竟前輩對我根本一點感覺也沒有。但是，我對你索求的就是那些

喔。我傻傻地想要身為『男人』的前輩。我自以為是地想要你！而且，明知道彼此不會產生那樣的關係，受了傷也都是我自找的而已！」

被三島連珠炮地辯駁，我緊咬牙關。

內心煩躁不已。

三島堅稱，一切都是她自作自受的，不肯跟我罷休。

然而，真的是那樣嗎？

難道不是因為我本身遲鈍，神經又大條，才對她造成了慢性而持續的傷害？

我迷糊地找三島討論後藤小姐以及沙優的事，跟她分享自己該扛起的問題，好幾次都問到了可以循著拿出作為的提示……可是，能讓三島獲得所要「答案」的情絲，不就屢屢被我攪得一團亂了嗎？

的確，我無法成為三島的男友，因為我並沒有把她當成異性喜歡。

即使如此……對於她所給予的恩情，我覺得自己仍應付出努力，誠懇地回報對方。

「三島……妳幫了我許多忙。」

我一邊望著三島的眼睛，一邊告訴她。

「多虧有妳，我才能重新思考自己面對沙優的方式；多虧有妳，我才得以重新審視當務之急的優先順序；多虧有妳……沙優本身也稍微得到了救贖。如果沒有妳……或許沙優就連北海道都回不去了。」

三島聽著我所說的話，濡濕了眼睛。可以曉得的是，她正用力咬緊牙關。

「只有我是不行的。我受了許多人幫助，多虧如此……沒想太多就把沙優藏在家的我，才能一直照顧她到最後。像我這樣的『瑕疵品』，要是缺了妳、橋本、後藤小姐，以及神田學姊的建議……終究是無能為力的。我幫不了什麼人。」

「才沒有……那種事。」

「有，三島。」

「畢竟，你不就對她伸出援手了嗎……！」

三島說道。

「對人伸出援手，就會與那個人的人生有所牽扯……！大人會害怕的正是那一點。可是，吉田前輩，你卻在左思右想之前，就伸出了援手。」

三島撲簌簌地流著眼淚。

「我也一樣。或許前輩並沒有那種意思。但……前輩願意把不受任何人期待的我，當成一個人來看待。所以……所以……」

發出嗚咽聲的同時，三島終於把話說了出來。

「正因為……你那樣對我……！我才會喜歡上……處處都令人討厭的你……！」

三島的告白讓我隨之語塞。我什麼也說不出口。

煎熬。

即使她如此明確地拋出內心的濃烈情緒，我依舊不知道該怎麼回應才好，這令我煎熬，而且痛心。

「我都不曉得，有人肯伸出援手，自己居然會那麼高興。過去，我一直視若無睹。我會避免去看他人的毛病，不小心看到的話就敷衍帶過，我都是那樣活過來的。所以，同樣地，大家也都不會正視我這個人。大家都知道我會行方便而對我虛應了事，以往我的世界，都靠這樣運作得很順利。但是……！自從認識你，我就……！」

三島吼也似的告訴我。

「我不由得發現，在我的人生中心是有我存在的……！沒想到，那會這麼難受……又令人心跳加速……感受到自己是活著的。之前我都不曉得！」

三島像孩子一樣地哭泣流淚，還用雙手遮了臉。

「我……從來沒有活過自己的人生，絕對是這樣……吉田前輩卻讓我……站到了我的人生舞台上……我討厭那樣。明明討厭，卻又心動不已……根本莫名其妙……！」

「三島，沒事的。妳冷靜一點。」

「嗚嗚……嗚嗚嗚……唔！」

三島忍不住抽噎，從而呻吟似的落淚。

「我也……得到了吉田前輩的幫助……！但我根本不希望前輩幫我……！得到幫助以後，我覺得又高興，又痛苦……我……已經……！」

三島一邊發出溫熱的氣息，一邊說道。

「我已經……不知道該怎麼辦了……！」

「三島……」

三島打起哭嗝。

我記得很清楚，剛認識的那時候，三島帶給我的印象是「不可思議的女性」。

明明工作做不好，態度卻格外磊落，從周圍的氣氛還能感受到大家都願意接納她。

一般而言，我想職場是「為了工作才來」的地方，假如工作做不好就會覺得慚愧、難以自處，或者連帶產生窒息感才對。像我本身只要在工作上出錯，用不著別人發飆，我自己就會覺得內疚。我討厭被當成工作做不好的人。

然而三島卻不一樣。

她總是自在從容到了不自然的地步，彷彿自己被人貼上任何標籤都無所謂。

看她那樣，我在心生「羨慕」的同時，也覺得她很令人惱火。

我記得很清楚，當三島在我主導的企畫案成為部屬時，我有過「妳在我這裡可不能

說自己『做不好』」這樣的念頭。

只要她說自己做不好，我就會回答「做到好為止」；要是她表示不會做，我就會回答「我來教妳怎麼做」。

在我的觀念裡，那是「不予縱容」的意思。然而想都沒想到的是，那在她的認知裡卻變成「自己獲得了認同」。

我想起沙優。

那是第一次在她面前抽菸時的事。

我打算到陽台，沙優便說了「你真溫柔」。

不過，那對我而言是理所當然的事，並不是因為我想對她溫柔才那麼做的。

情況是相同的。

當事人一路走來的人生，會為其塑造出意識及價值觀。

我認為，自己對於三島這個人果然太欠缺理解了。

如她所言，應該不能將一切都歸咎於我。要理解他人，對誰來說都是一件難事。

然而，那樣的機會在過去理應多得是。

越是回想，我越發現三島對我一直都有積極的動作。但是，我透過自己的濾鏡觀察她，內心總為此困惑，又從來不曾試著去思量她那些行動背後的感情。

於是到最後，三島就這樣在我面前哭了起來。

我想不出該如何搭話，只能戰戰兢兢地伸手輕撫弓著背哭泣的三島。

經過片刻以後，三島忽然抬起身，還撲到我的胸口前，把臉貼了過來。

「三、三島……？」

突然的狀況讓我心慌。

然而，三島卻在我的胸前發抖。

「一下下就好，請讓我就這樣待著……一下下就可以了……」

三島用小小的聲音這麼說道。

我先是緩緩地吐了氣，然後點頭。

「……好，我明白了。」

我提心吊膽地把手繞到三島背後，輕輕地摸她。

三島又發出嗚咽聲，還在我胸前打起哭嗝。

把臉貼在我胸前的三島……看起來，比平時還要嬌小。

第11話 移入

不知道我們像那樣維持了多久的時間。

盡情哭過的三島流不出眼淚後，便緩緩地從我的胸前挪開臉了。

接著，她以有氣無力的語氣嘀咕：

「……對不起。」

「不會……沒關係啦。妳冷靜了嗎？」

「……是的。」

三島帶著紅通通的鼻子，垂下臉龐。

尷尬的沉默。

說些什麼會不會比較好？儘管我心裡這麼想，卻又明白當下無論說什麼都只會成為安慰之語。

如她所言，我沒辦法回應她那份心意。

彷彿要打破沉默，三島開了口。

「電影。」

「咦？」

「前輩要不要看電影？」

三島說著，緩緩從沙發站起身。

然後從擺放電視的櫃子櫥窗裡，拿出了一片附包裝盒的藍光光碟。

「啊……那是……」

眼熟的電影名稱。

三島溫和地笑了笑，並且點頭。

「前輩跟我一起在電影院看過的那部片。」

「原來光碟已經上市了啊……」

「前陣子出的。」

三島將光碟取出，插進了播放器之中。

「真懷念……」

三島嘀咕著，重新坐到我旁邊。

她以遙控器開啟電視，按了幾個按鍵，影片便開始播放。

要是從現在看起一部片，肯定會錯過末班電車吧……我卻無意拒絕。最糟的情況下

搭計程車回去就行了。

何況，在彼此都將內心想法一吐為快之後，總覺得跟三島並肩坐在一起看電影有種不可思議的寬慰感。

畢竟我跟三島在私生活有交集的時間，都是一起看電影。

三島再次操作遙控器，跳過收錄於光碟的預告篇。

正戲開始後，我跟三島默默地看起電影。

重看一遍已經看過的電影，這是我長大成人後頭一次體驗。印象中，小時候我也會重看好幾遍喜歡的動畫電影，不過那已經是遙遠的回憶了。

始於在大學校園內碰巧撞上彼此的戀愛故事。

以前，我對於這種「偶然的邂逅」並沒有強烈共鳴。但經過跟沙優認識，以及從中拓展的人際關係，我覺得自己也多少能體會這回事了。

『命中注定的邂逅，要到之後才會曉得。』

「…………！」

耳熟的那句台詞從登場人物口中說出時，我不由得屏住了呼吸。

因為我回想起來了。

『吉田前輩，假如我命中注定的對象是你！你會怎麼辦！』

三島說過的話在腦海裡閃現。

這樣啊。

原來從那個時候……三島就已經把我當成意中人了嗎？

察覺那一點，我頓時感到痛心。

我體認到自己有多麼遲鈍，而且神經大條。

像我這種人……肯定就是要到事過境遷，才會發現命中注定的邂逅。

『碰見的時候是現在。既非先前亦非以後，就在那個當下。』

『那不就會想在那時發現到，這就是命中注定的邂逅嗎？』

『我就是想要現在，昨日或明日都不重要。因為我只活在當下。』

隨著電影劇情推進，作為作品主題的「命運」一詞便跟著被多次使用到。

每次聽見，三島過去說的話都會在我腦海中復甦。

被迫想起三島說的每一句話，令我內心煎熬。

她不想過自己的人生，不想察覺心跳的感覺。

三島一邊說著那些話，一邊傾盡全力，在跟那樣的情緒搏鬥。

她積極地、一心一意地，在思考自己的戀愛。

我察覺到那一點，視野漸漸地扭曲了。

果然，我跟三島存在著差異。儘管有差異是當然的，但我覺得彼此的差距天差地別。

當我一邊觀賞「存在理由之海」，一邊看三島在旁邊潸然淚下時，還曾經悠哉地心想「對電影能感情移入到這種地步還真是厲害」。

我從根本上就有了誤解。

三島肯定有屬於她自己的故事。

而她從中獲得的感情，將與其他故事串聯。因為能一路串連下去，才會移入感情。

三島想必就是像那樣，把故事一一接納於心，進而增進思考的深度。

但我就不一樣了。

我的目光，往往都沒有望向別人的故事。

同樣地，我對自己的故事也滿不在乎。
因為我想都沒想過會有屬於自己的故事。
我對任何事都遲鈍不已，總是會錯失許多東西。
也錯過了三島的拚命追求。
我是多麼地糊塗。
據說，我是在不知不覺間向三島伸出了援手。
她坦承那讓她很高興。
能伸多久就伸了多久的手，我卻在不經意之間縮回來，害得她落單了。
我根本沒有意願去理解，自己所做的舉動，在三島內心孕育了何種故事。
無論如何，我都沒辦法回應她的心意。那是不會變的。
即使如此，在她內心孕育的感情是因我而生，對其擱置不理，無意間也就折磨到了拚命面對那份情愫的她。這令我懊悔不已。
當我一邊思考這些，一邊觀賞電影，總覺得內容跟之前看的時候截然不同。
平庸的故事情節。
從鄉下地方來到東京，人生地不熟的女大學生，在校園內讓碰巧撞上肩膀的青年扶了一把，就此墜入愛河。

於是乎，眼看在物理距離上即將跟青年分離，心想「因為這是命中注定的情緣」的她，打定主意絕對要跟著那名青年走。

全心全意，只靠情感之濃烈來排除萬難的愛情故事。

但是……「單純因為撞上」而萌芽的戀愛感情，我想已經不能評為「傻氣」了。

單純是因為當時遇見了彼此，我才會跟沙優產生關聯。

而且，照三島的說法，我是在自己渾然不知的過程中，對她予以「正視」的。

她的戀愛，便從那一刻開始了。

每當我體會到電影裡上演的愛情故事，與自己的人生有所關聯，淚腺就逐漸失守。

終於，我忍不住掉下淚水。

可以曉得的是，三島在旁邊深深吸了口氣。往旁一看，三島正望著我的臉龐。

彼此的目光面對面地相接。

我在淚水濡濕的視野中，望見三島扭曲的臉。

「吉田前輩……？」

我根本不想被她看見哭泣的臉孔，淚水卻源源湧上，似乎停不住。

「三島……對不起……」

「怎、怎麼了嗎……前輩居然會因為電影哭出來……」

我哭並不是因為電影。我左右搖起頭。

「妳一直以來的努力……我全都錯過了……我都不知道，妳傾盡了全力……」

三島聽我流著眼淚說出這種話，這才慌張似的抓住了我的手臂。

「欸，前、前輩……你沒事吧……！」

「抱、抱歉……我很抱歉……」

淚水止不住。三島連忙將播放的電影停下，倉皇到最後，捧住了我垂下的頭。

「前輩，不要緊的。前輩……」

「對不起，三島……對不起……」

我一邊被三島緊緊摟住，一邊在出生後首次看著電影哭了出來。

＊

「抱歉……」

「不會，沒關係的……」

上一刻我才摸著三島的背直到她哭完，這次換成我被她摸頭直到自己哭完了。

年紀不小的大人還這樣，真是丟臉。

眼淚止住以後，羞恥心突然冒了出來。

我離開三島身旁，重新坐正。

因為長時間把頭靠在三島身上，感覺從她衣服飄散的甜甜香味仍隱約殘留於鼻腔。

大約在高中時期，由於同齡女生散發著「甜甜的香味」，我於是直接解讀成「原來女生聞起來會有甜甜的香味」，對此我記得很清楚。

之後，隨著年齡增長，我才曉得是「因為女生會注意身上氣味，聞起來才讓人覺得香」。

除非是相當留意體味的人，否則男人基本上並不會多好聞。即使有香味，頂多就是來自洗髮精，或者香氣較強的洗衣精味。

作為時尚的一環，女性會用芬芳撲鼻的護髮素及美髮油，或者香水，散發的味道當然很好聞。

事到如今，我才領會到三島的女人味，內心甚感諷刺。

三島並不是「專門為了我」而留意身體清潔的吧。她散發的香味應該是身為社會人對儀表的注重。即使如此，我仍會猜想她是不是希望我察覺這些細節。

「前輩，要繼續看嗎？」

三島看我已經冷靜下來，再度握起遙控器。

「……嗯。不好意思，打斷了整部片。」

三島一邊淺笑，一邊搖搖頭。

然後，電影又開始播放了。

命中注定的情緣。

於是主角排除降臨於這段情緣的萬般阻礙，在最後跟心儀的青年成為一對。

上次觀影時，我覺得「真是部憂喜參半的片子」，現在卻覺得滿懷苦澀。

成就一場戀愛。

說來說去，感覺大多數的愛情故事都會讓男女主角成為一對。呃，我接觸過的故事沒有那麼多，所以無法隨便置評，但故事情節若沒有那樣安排，觀眾便不會舒坦。因此，大概是那樣沒錯。不知道有多少人會希望在故事裡也鬧得鬱鬱寡歡？

然而，實際上有多少人戀愛到最後，能通往「兩情相悅地交往」這樣的結局？

長大成人後，我覺得「跟人交往」這件事的門檻變得比讀中學或高中時來得低。我讀高中時，情侶並不算眾多。全學年若有三分之一的男女學生在交往已經算多了……就我的認知是如此。

但是，等到成為大學生，或者成為大人……隨著年齡增長，總覺得有男女朋友的人在我身邊也逐漸變多了。

聽他們的說法是被對方告白以後，心想「交往看看也好」便答應了……再不然就是立場互換，過程全都八九不離十。

彼此兩情相悅，結果發展成情侶關係的那種戀愛，感覺對我來說漸漸變成了「缺乏現實感的事」。

即使如此，我之所以會哭，應該是因為電影聚焦在戀愛的「全心全意」上面吧。比起結果，過程更加吸引我。

而且，連同被三島告白這件事一起思考，心情便十分苦澀。

假如我對三島懷有跟她相同的心意，就可以像動人的故事一樣，迎來大團圓的結局吧……實際上卻沒有變成那樣。

事實是我無法回應她的心意，內心卻會為此難過，感覺實在不可思議。

我一邊茫然地針對戀愛思考，一邊觀看電影。戲裡稍稍提到了男女主角兩人的幸福將來，並播出片尾名單。

在片尾名單播放的這段期間，我跟三島都默默不語。

望著由下而上流過的字串，我心裡陣陣湧現「這樣就好了嗎」的想法。

被三島告白，還聽她表示「不用給答覆」……一切都已結束的氣氛流動於此。

即使如此，看了彼此心儀的兩個人在互相告白後成為一對的電影……我始終無法認

為保持現狀會是好事。

就算我無法回應對方的心意。

這段感情是不是仍有必要明確地「告終」？

在片尾字幕播完以後，我再一次打定了主意。

第12話 吻

「結束了呢。」

電影結束，片尾名單播完以後，三島徐徐開了口，然後以含蓄的眼神看我。

「……前輩冷靜下來了嗎？」

我狼狽不堪地哭過一場，至今仍讓三島表示關心，使我露出苦笑。

「……抱歉，我已經沒事了。」

「那就好。」

她淺淺地微笑，喝了一口擺在桌上，如今已經涼透的咖啡。接著，她緩緩地吐氣。

「……前輩，你為什麼會哭呢？」

面對她的問題，我在沉默片刻後答道：

「我想起了跟妳看這部電影時的事。」

「……我也回想起來了。」

三島如此說道，並且笑了笑。

我也隨之笑了出來。

「原來當時我就被妳告白過。」

「前輩到現在才發現嗎？太遲了喔。」

「抱歉，我一直沒有發現。」

聽我這麼說道，三島緩緩搖了搖頭。

「都沒有發現才像前輩啊。更何況，要是當時就被發現，狀況會更不得了。」

「會嗎？我有發現的話，妳就不用受這麼多的苦。」

「內心會受苦，或是不知道如何是好……都是理所當然的啊。我只是試著一邊哭，一邊說出理所當然的心境。」

「妳又說得像是自己造成的……」

「畢竟就是我造成的嘛。不過，同時也是前輩造成的。如此而已。」

三島的語氣像是已經看開了。可是，我覺得她的臉色似乎仍泛著說不出的陰沉。

感覺照這樣下去還是不行。

「我說啊，三島。」

當我將身體轉向三島那邊，便見她狀似畏縮地繃緊臉孔。

「讓我好好地答覆妳，可以嗎？」

我看著三島的眼睛，這麼說道。而她像是早就明白會聽見那句話一樣地露出了苦笑，然後說道：「請前輩等等。」

三島也把身體轉向我了。

「順序相反了。」

「咦？」

「我呢，還沒有好好地把話說出口。」

三島這麼告訴我以後，就緩緩地吸了口氣。

接著，她臉紅地直直望著我。

「吉田前輩，我喜歡你。」

面對面地被她告白，我感受到心臟猛然跳了起來。

這麼說來，是那樣沒錯。

被三島親吻，聽她說出「為什麼，我會喜歡上這種人呢……？」……我才總算了解她的心意。

即使如此，我並沒有被三島明確地告白。

「前輩，我非常討厭你的個性。我總是對你感到不耐煩。但是……我喜歡你，因為你是第一個向我伸出援手的人。我好喜歡你。遇見你以後，我心裡想的盡是你。」

話說完，三島柔柔地露出微笑。

有如戀愛的少女，同時，那也是好似已經領悟一切的笑容。

「請前輩跟我交往。」

我感到揪心。

可是，既然她明確地把心意化成了言語，我也非得那麼做才行。

「……謝謝妳，三島。」

「嗯。」

「不過，我……另外有喜歡的人。」

「……嗯，我曉得。」

「所以……我沒辦法回應妳的心意。」

「…………嗯……」

三島使勁咬緊牙關，彷彿在克制眼淚。

然後，她抹去眼角的淚水，微微地笑了起來。

「……終於，結束了。屬於我的這段愛情故事。」

「……是啊。」

我也一邊忍著想再次哭泣的情緒，一邊點了點頭。

「……謝謝妳。」

「為什麼要謝我？」

看三島笑著偏了頭，我坦然回答：

「……因為能成為妳命中注定的對象，我很高興。」

如此回答以後，三島頓時停住動作，眼裡泛上了淚水。這一次她沒能克制住，眼淚沿著臉頰流了下來。

「我強調過……」

三島一邊流淚，一邊傻眼似的說：

「請前輩不要對我說這種話……！」

哭歸哭，三島仍然用打趣似的語氣，笑著繼續告訴我。

「誰教前輩都不肯讓我修成正果！」

直白的抗議讓我也忍不住噗嗤笑了出來。

「哈哈，說得也是……！抱歉……！」

「好過分，前輩，你真的好過分！」

三島戳起我的肩膀，一邊嘻嘻笑著，一邊撲簌簌地流下大顆淚珠。

我跟三島的關係……總算在這一刻做出了斷了。

＊

壁鐘發出的滴答聲，在房間裡大大響著。

「末班車……已經搭不到了耶。」

「從那個時間開始看電影，當然會這樣啊。」

「前輩要怎麼辦呢？」

「回去比較好的話，我會搭計程車回去。」

「……還是請前輩留在這裡。直到首班車發車吧。」

「……我明白了。」

我們倆一邊沉沉地坐在沙發上，一邊悠悠地對話。

「吉田前輩，你有錯過末班車的經驗嗎？」

「剛進公司的時候，我有幾次因為喝酒應酬而錯過。不過，我沒有待在女生家錯過末班車的經驗。」

「哦～我是前輩的第一次啊？」

「別說成那樣啦。」

「順帶一提，那裡有床耶。」

三島說著，露出了使壞似的表情。

「所以怎樣？」

「要不要一起躺看看？躺到早上。」

「別說蠢話。」

我斷然回答以後，三島便氣惱地噘了嘴唇。

「只是躺著睡覺而已嘛。不行嗎？」

「開玩笑的話就算了。如果妳認真要我回答就是不行。」

「小氣。」

「說我小氣是怎樣？」

「有什麼關係嘛？我有點憧憬呢，跟男人睡在同一個被窩。應該稱作同床共枕嗎？錯過這次機會，我覺得自己一輩子都沒希望體驗了。」

儘管三島胡鬧過頭的發言讓我苦笑，但我明確地認為「不會有那種事」。我把自己的想法直接說出口。

「不會有那種事吧。妳屬於接近三十歲就會機靈地找人結婚的那一型。」

「哈哈，前輩懂什麼呢？我再也不會戀愛了，大概。」

「妳只有現在才會那麼想。」

「為什麼前輩敢那樣斷言呢？」

被三島一問，我不禁深深地吐氣。

我對這種心境有印象。

「……三島，因為我也曾那麼想過。」

聽到我如此回答，三島狀似訝異地望著我的臉龐。

「……吉田前輩，原來你也有失戀的經驗啊？」

「對啊，跟神田學姊分手時……我就認為自己不會再談戀愛了。」

「咦！吉田前輩，你跟神田小姐交往過嗎！」

三島整個人從沙發蹦起來驚呼。

「我沒說過嗎……？她是我高中時的前女友。」

「我都沒有聽前輩提過那些！」

三島激動似的大聲說道。接著，她嘆了口氣。

「唉～……難怪，你們之間的氣氛一直不尋常……」

三島目瞪口呆地說完，又沉沉地坐回沙發上。
她安靜以後，寂靜忽然降臨在屋裡。
不過，即使彼此都沉默下來，我也沒有感受到先前的那種尷尬。
「……前輩，你跟神田小姐。」
三島開口。
「嗯？」
「有做過嗎？」
「做什麼？」
「同床共枕。」
為什麼妳非要問那些？我如此心想。但是這時候害臊的話總覺得就像個學生一樣，反而會令人有些不甘心，因此我故作平靜地回答：
「……哎，那還用問？」
「哦～……」
三島嘻嘻一笑，側眼望向我。
「我不太能想像前輩做那種事耶。」
「當然啦。那種事是情侶之間私底下在做的。」

「我倒不是那個意思……」

三島嘻嘻笑完以後，就在我旁邊蠢蠢欲動。

接著，她徐徐把身體貼到我的肩膀。

我詫異地看向三島。

「妳做什麼啦？」

「啊哈哈。」

三島依然黏著我，還狀似被逗樂地笑了出來。

「吉田前輩……真的就是吉田前輩呢。」

說完這句話，三島以貓一般的眼睛看我。

「明明前輩現在無論做什麼，都不會洩露出去……也不會被別人說話。」

「那種事……我只想跟喜歡的人做。」

「要是被後藤小姐勾引，前輩就會做嗎？」

太過直接的問題拋到面前，讓我「唔」地答不出話。

然而，在談得這麼深入的狀態下，我認為只對那部分含糊帶過實在無濟於事。

「…………假如我有跟她交往啦。」

「彼此在交往的話，前輩就會做嗎？」

「我當然想啊。」

「喔…………不只同床共枕？」

「怎樣啦？」

「連接吻……還有色的事情都會？」

「別問了別問了，越講越具體。」

看我使勁板起臉孔，三島哈哈笑了起來。

接著，她從鼻子緩緩地、深深地吐氣。

然後低聲說道：

「……總覺得好令人吃味。」

「……那是難免的吧。」

「我也好想……看看你在任何人面前都沒有展露的部分。」

三島所說的話，讓我緩緩吐了口氣。

接著，我露出苦笑，告訴她：

「……妳已經看過了啊。」

「咦？」

「在女人面前，我很少會掉淚的啦。」

我認真說出這種話。三島先是愣住一會兒，隨即噗嗤地笑了。

「啊哈哈，像前輩那樣的脾氣，感覺既古板又煩人耶。」

「……居然說我古板？妳喔。」

「欸，前輩。」

三島嗓音的溫度，感覺好像有所改變。

「嗯？…………唔嗯？」

被叫到的我轉向三島那邊。同一時間，三島的嘴唇朝我湊了過來。

這次，並不是粗魯得好似會讓牙齒打架的吻，而是可以感覺到她的嘴唇有多柔軟，小心翼翼的一吻。

在我嚇得僵住的這段期間，三島仍繼續吻個不停。

帶有水分的聲音「啾」地響起。

感覺腦裡的血液流動似乎非比尋常地快。臉部溫度正逐漸上升。

身體沒辦法靈活動作。

三島頻頻將嘴唇朝我湊過來。在我的嘴唇上，有她的雙唇反覆開闔、相互摩擦，彷彿要仔細吻遍每一處。

然後，她睜開閉著的眼睛。

目光在極近距離內相交。

三島的眼睛悄悄瞇起。接著，她用舌頭伸進我的唇，滑過了我的門牙。

我的背脊頓時起了雞皮疙瘩。

我總算回過神來。身體終於接收到大腦的訊號而做出動作，我急忙將三島扒開。

「妳……」

聲音發出到一半，我察覺自己被三島強吻這段期間都屏住了呼吸。

「我說妳啊！」

我一吼，三島的臉就變得紅通通，滿心歡喜似的笑了。

「啊哈哈。」

她豁出去的行動總是過於突然，讓我來不及反應。

何況我從高中以後，就沒有像這樣跟人接吻……

「我問你喔，前輩，你多久沒有跟人接吻了？」

被直接問到自己正好在想的事情，讓我整張臉隨之緊繃。我於是把視線從她面前轉開了。

我從來沒有跟非交往對象接吻的經驗。

「……我最後一次接吻，是在高中的時候。」

三島聽到我的回答，賊賊地揚起了嘴角。

「呼嗯～」

「怎、怎樣啦！」

「那麼……前輩睽違許久的接吻對象，就是我嘍？」

「……對啦。」

「呵呵。」

三島滿意似的連連點頭以後。

她露出遙望遠方的眼神，緩緩地吐了氣。

「吉田前輩。」

「怎樣？」

「……即使你跟後藤小姐同床共枕、接吻或做了色色的事情……請你也不要告訴我喔。」

三島說的那句話，讓我蹙起眉頭。

「那是當然的吧。」

為什麼我非得把那種事逐一告訴別人？

說起來。

「我跟她又還沒有交往……」

我支支吾吾地越說越小聲。

而三島側眼看著我，嘻嘻笑了一聲。

剛這麼想，她又馬上換成正經的臉色說道：

「吉田前輩……跟你接吻這件事，我也不會告訴任何人。」

「我說過那是當然……」

話講到這裡，我就接不下去了。

一道眼淚，沿著三島的臉頰流了下來。

隨著平靜微笑一同流下的那道眼淚，讓我的心臟被緊緊揪住。

「畢竟，這是我跟前輩唯一的『祕密』啊。」

「…………嗯。」

「請前輩一輩子都不要忘記喔。跟我接吻這件事。」

一輩子，就算三島這麼說。

我對將來根本沒把握……但是。

「……不會忘的吧，大概。」

感覺我不可能忘得了如此震撼的遭遇。

原本當三島是需要費心關照的後輩，卻被那樣的她大膽告白，還讓她獻上了足以令人暈頭轉向的一吻。

即使想忘，我也忘不了。

「不是大概，而是絕對！」

三島叮嚀似的把臉朝著我一舉靠過來。

彼此的距離變得似乎又會被強吻，霎時間嚇得我一邊後仰一邊答應。

「知道了，知道了！……我會把這個祕密帶進墳墓的。」

「呵呵，請前輩要說到做到喔。」

三島擦去眼淚。隨後，她帶著已經看開似的表情笑了出來。

「那麼……我覺得，那樣就夠了。」

第13話　祕密

從我去三島家裡那天之後，又過了幾個星期。

後來，三島的模樣都平平靜靜。

一如往常，她會來向我口頭報告所有事，午飯也會一起吃……彼此相處的方式，看似真的都變回原樣了。

橋本似乎也察覺到了那一點，卻沒有多問些什麼。

他想必知道，我跟三島之間做出了斷了。

在三島家過夜後的隔天，我跟她講話難免有股無法言喻的疙瘩。但如今那種感覺都已經消失。

一切回歸原狀。

但……三島曾經傾全力向我表達過心意，唯有這樣的事實不會消失。

無論年紀再怎麼增長，我應該都不會忘吧。

話雖如此。

風波結束以後，我的生活又回到了乏味的景象。

去公司上班、處理業務、工作做完就回家。如此的每一天。

我並沒有什麼不滿。

只是，心裡單純有著「變回來了呢」這樣的感想。

然而，即使在如此平淡的生活中，仍有事情正逐漸改變。

「吉田，今天你之後有空嗎？」

下班前一刻，後藤小姐來到了我的辦公桌。

這陣子，當後藤小姐像這樣來搭話時，之後的發展都一樣。

「啊，後藤小姐。有空是有空……要去吃飯嗎？」

「嗯，不嫌棄的話。」

「我當然去。」

見我二話不說地答應，後藤小姐安心似的淺淺笑了笑。

沒錯，後藤小姐主動來邀約的情況增加了。

之前我把沙優留在家裡，讓自己的生活發生變化，也促使後藤小姐對我的態度開始有了轉變……

如今，她來邀我的頻率感覺比那時候更高了。

心儀的對象主動約吃飯，我不可能不高興。工作結束後多了可以期待的活動，應該並不是壞事。

然而……每次讓後藤小姐邀約，我的心情之所以會變得有些複雜，大概是因為曾經被三島告白過的緣故吧。

先前，後藤小姐主動表示她喜歡我的時候，我信不過她的說詞，講出了「那麼，下次請由妳主動告白」這種話。

可是到了現在，我已經知道長大成人之後，想跟他人表達情意，是需要多麼拚命的覺悟。

說不定，當時對我表達情意，在後藤小姐內心就是需要莫大覺悟的一件事。

我是否該再次對她表態呢？

然而，一度叫後藤小姐主動告白的那些話，該不該收回又是個問題……

如此念頭正在我的腦袋裡打轉。

「你們下班後要去約會嗎～？好好喔。」

三島碰巧過來向我報告業務，於是在後藤小姐身後賊賊地揚起了嘴角。她已經把包包揹在肩膀上，應該是打算報告完就直接回家吧。

儘管擺出一副調侃人的模樣，但三島內心是怎麼想的，我根本無法想像。

「並不算約會啦，三島。」

見我尷尬地回答，三島細聲笑了笑。而後藤小姐露出苦笑，將視線拋向三島。

「他都這麼說嘍。」

三島嘻嘻地笑了。

接著，她帶著使壞似的表情看我。

「算不算約會都無妨……但前輩如果要帶後藤小姐回家，請避開晚上十點鐘左右的時段喔。」

「啥？怎麼說？」

「因為，之後我會在離前輩家最近的車站看電影，假如你們在那時候經過車站前，就會被我發現喔。」

「……原來如此，妳是這個意思啊。」

說這話的若不是三島，我會用一句「胡扯什麼」敷衍過去。但是我跟後藤小姐一起到離家最近的車站時，曾經被她一路追過來。

想想，那應該也是對我有好感的表現。假如她單純出於好奇，一路追趕結伴而行的男女，未免太脫離常識。

知道她有何心意以後便不證自明，當時的我卻連這種事都沒發現。

我露出苦笑，並且搖頭。

「我們只是吃個飯啦。」

「呵呵，是那樣嗎？」

後藤小姐戲弄我似的這麼說。然而我哼聲一笑，沒有多理睬。

要是每次都被這種話逗得臉紅，我可吃不消。

而三島看了我與後藤小姐，然後發出「啊」的一聲，好似心血來潮地說：

「對了。前輩要我整理的資料已經先歸檔了，麻煩明天找時間做個確認。」

「我明白了。謝謝。」

「好的～那我先失陪嘍！」

三島說完就舉起單手打招呼，從辦公室離去了。

後藤小姐目送她的背影，嘀咕了一句。

「她的氣質……好像不一樣了呢。」

我有同感。

要問到是哪裡變了……這倒不好形容。

在一如往常的態度中，可以感受到三島比往常更有自主性，或者說雲淡風輕……

「……或許是那樣沒錯。」

見我點頭附和，後藤小姐側眼望了過來，賊笑著揚起嘴角。

「表示我們四個人去喝酒那天，後來你跟她有發生過什麼嘍？」

我早想過，自己遲早會被問到這件事才對。

不過，答案已經確定了。

「……這是祕密。」

我這麼回答。而後藤小姐一瞬間從鼻子悄悄吸了口氣，隨即擺出笑容。

「哎呀……難道有什麼虧心事？」

「我跟她沒做任何虧心事。」

這是謊言。

被吻了那麼久還聲稱「沒做什麼」，實在有些說不通。

但我現在有自信將事情隱瞞到底。

的確，我怎樣也不能說自己沒做虧心事。

不過我明白，那對三島而言，是一項必要的「儀式」。

而我們發生過的那些，是我必須「帶進墳墓的祕密」。

所以我非得遵守約定不可。

後藤小姐朝我的眼睛凝望了幾秒以後，斷然將臉轉開了。

接著，她以爽快的語氣說道：

「是嗎？那麼，我就不多問了。」

後藤小姐當場聳了聳肩，然後嘀咕：

「有點讓人吃味呢。」

「咦？」

「沒什麼。吉田，趕快準備下班吧。我們去吃飯。」

「也對……我知道了，馬上好！」

看後藤小姐走向自己座位拿行李，我便匆匆開始收拾下班。

中途，後藤小姐回過頭，對我嫣然一笑。

光是被投以那樣的笑容就覺得心動，我認為，這果然是戀愛。

至今，我對於她的想法依舊是一頭霧水。

後藤小姐察覺得了許多事，感覺她或許也看出我剛才不以為意地撒了謊。

要由哪一方主動告白之類的問題，暫且先擱到旁邊。

不管怎樣，往後我都必須面對跟後藤小姐發生的衝突，並且逐步加深對她的了解。

而且，我也要讓她更了解我。

任何人都有所謂的「壓抑心理」。

至今以來，我想自己對任何事都是用「工作」當藉口，並沒有確實去面對。

儘管我認為自己喜歡後藤小姐，卻依舊以工作為重……追求的行動因而一拖再拖，結果這份感情便虛擲了五年之久。到最後，告白被甩的我深受情傷，更加劇了自己對於後藤小姐後續行動的不信任感。

我嘴上說自己不懂後藤小姐的想法，到頭來卻連深掘她心思的努力都未曾付出。

為什麼她當初會謊稱「自己有男友」呢？當中的理由雖然聽她以言語解釋過，然而我始終不能說自己有深刻的理解。

我曾想，也許要等我理解她那句「現在不是時候」的含意，才能站上同一個層次，讓彼此心意相通。

有的事情不說就無法傳達。呃……倒不如說，大多數的事情都是這樣。

我必須有毅力，將自己能傳達的想法全部讓她曉得，還要反過來引導她把話說清楚才對。

我之所以能鼓起勇氣，像那樣用心與人溝通……是託三島的福。

拜她動用全力跟我起了衝突所賜。

我深刻了解到，與人來往也會讓對方有所改變。

三島有屬於她的故事，我肯定也有屬於自己的故事。

兩個故事產生交集，讓彼此逐漸出現點點滴滴的改變。或許人生一路走下去，就是在反覆那樣的過程。

跟沙優相遇，以及與三島深交……說不定都是我「命中注定」的。

還有，或許我跟後藤小姐的將來，也可以說是當中的一部分。

結識其他人，讓我一點一點有了改變。而且還是在我不知不覺之間。

所以，我認為這一次，我本身也該對自己的故事更有自覺。

我應該要相信，自己的行動會讓他人有所改變。

後藤小姐肯定有許多事還沒有跟我說。

我決定去思考，為了將那些一一引導出來，自己究竟該採取什麼行動、該講些什麼話。

正如同……三島為我做過的那樣。

「……加油吧。」

我小聲嘀咕，並且抓了公事包起身。

「我先失陪了！」

下班時，我不經意地用了比平時大的音量問候，然後離開辦公室。

工作結束了。既然如此，接下來我要過的是「生活」。

今天這個日子，仍未結束。

尾聲

我一個人再次觀賞了「存在理由之海」。

接著，我獨自到當時跟吉田前輩進去的咖啡廳，向服務生點飲料。

我一邊用吸管啜飲加了大量糖漿的冰咖啡拿鐵，一邊思索。

或許正如存在理由之海所提到的那樣。這個世界，終究是數據的集合體。

儘管我並不那麼認為，但深究到最後，或許正是那麼一回事。

只是予以確認的手段並不存在。

我只能從自己所見的世界來對事物做判斷。

儘管我發過脾氣，說吉田前輩「只會透過自己的濾鏡看待事物」，不過，每個人都是那樣的。

即使再怎麼假裝具備客觀的眼光，或許那也只是收集了充斥於世界的數據，還以為能納為己有而已。

我沒有辦法逃離自我。

冰咖啡拿鐵的量正逐漸減少。

感覺在思考事情之際，飲料減少的速度就會變快。

我回想起曾在這裡讓吉田前輩困擾的自己。

那時候的我，對吉田前輩來說，或許看起來就像擅自產生錯亂，還釋出扭曲數據的存在。

但是，我現在已經整理過內心的情緒，鎮定下來了。

『感覺上……妳把那部故事，當成「自己的故事」來領會……這是我的想法。』

吉田前輩說的那句話，讓我感到難受。

說穿了，我想我是在接觸眾多故事的過程中，對自己的故事有了憧憬。明明我知道世上滿載的故事，並不是我的故事，內心卻有某處懷著不願承認的心理。

這也難怪。

一直以來，我都過著毫無自主性的人生。

一方面耽於安逸而食髓知味，另一方面又對過得安逸感到無趣。

而他給了我考驗，像故事情節那樣，讓我受到了吸引。

如此而已。

事情只是如此而已。

「………唔。」

甜的冰咖啡拿鐵裡，混了一絲絲鹹味。

回神以後，從眼睛溢出的淚水，已經流到了嘴角。

假如說，眼淚是現存的我將內心錯亂吐露出的具象化之物，我想，今後我仍會一再將這樣的錯亂吐露出來。

而且，那還是成因複雜的錯亂。

並不是找出一項因素，將其改寫幾筆就能夠解決的問題。

修正一處，就會在別處造成錯亂。將結構複雜的程式碼改寫掉一部分，必然會需要再補救別的地方。

我總算是找到屬於自己的故事了。在那裡，有我本身一直認為不值的「自我歷史」糾結於其中。

接著，最終變得救無可救的錯亂，沿著我的臉頰滴落。

事與願違也該有個限度。

我曾思考過。關於電影結束後，登場人物會變得如何的問題。

電影只要播完「劇情該演的部分」就會結束，並不會談到之後的事。
但是，登場人物有他們的未來，在那之後，他們的故事仍要繼續。
與此同理，我也有著之後的人生、之後的故事。
「……嗚嗚…………」
眼淚停不住了。
我以為，自己的故事，在那一晚就結束了。
明明我以為終於可以結束了。
我仍舊感到痛苦。結束的事實，令我難過。
不過，在此同時。
「呵…………嗚咕…………嘿嘿嘿……」
我一邊哭，一邊笑著。
自己的故事總算開始，然後，迎來了一個結局……讓我感到驕傲。
可以曉得的是，有坐在附近座位的客人把視線轉向我這邊。
說起來，咖啡廳裡有女性獨自在哭，當然會讓人覺得詭異吧。
但是，我停不下來。
「嗚……唔唔…………嗚嗚嗚～……」

當我開始意識到自己在哭，眼淚頓時源源不絕地湧現。

我垂下臉孔，姿勢變得像是在桌前縮成一團，耳裡隨即聽見了將椅子拉開的碰撞聲。

「請問，妳還好嗎？」

年輕男性的嗓音。

抬起臉孔的我，發現對方是個身穿休閒服，貌似大學生的青年。

「或——」

我帶著哭花了的臉搖頭。

「或許不太好……」

我一邊撲簌簌地流淚，一邊這麼回答。而青年慌慌張張地伸手晃過半空，接著急忙從口袋裡掏了手帕遞過來。

「這、這個，請妳拿去用！」

我盯著遞到眼前的手帕，忍不住笑了出來。

「啊哈哈。」

「……？」

「呃，對不起，謝謝你的好意……」

我收下手帕，擦去眼淚。

像這樣的場景，感覺曾在某部電影裡看過。

我想都沒想到，這種宛如電影般的遭遇，會有發生在自己身上的一天，總覺得相當好笑。

「呵呵……」

明明正在哭，卻克制不住嘴角揚起。心思有所相左。

這條手帕，該怎麼辦好呢？

沾過自己的眼淚直接還回去也不太好，但對方又不會再跟我見面。我也不能表示清洗完再還。

當我如此思索時，忍不住也想了其他事情。

明天，我還是要去公司。

我會跟吉田前輩碰面，並且若無其事地談論工作吧。

他根本不會知道，我在離他家最近的站前咖啡廳獨自大哭過。

而且……在這之後，我將會一直看著吉田前輩與後藤小姐逐漸變得親密吧。

我想，那便是我的人生。

仔細想想，感覺自己在人生中鮮少思考「明天該怎麼辦」。

都是理所當然地過活，理所當然地迎來明天。
做輕鬆的選擇，輕鬆地活到現在。
簡直毫無活在自己人生的自覺。
自覺到以往不予正視的那些，令我胸口一緊。
明天該怎麼辦？這條手帕該怎麼辦？
我都不曉得，思索以後的事居然會這麼痛苦。
「手帕，妳不用還我沒關係。」
青年突然說道。
我以為自己被他窺探了內心，於是訝異得抬起臉孔。
比起整張臉哭花被人看見的羞恥，驚訝的情緒更勝一籌。
「咦……？」
聽到我發出糊塗的聲音，青年便慌張似的猛揮手。
「是……是我爸媽告訴我的。」
青年變得有些臉紅，繼續說道：
「他們說，如果我能把手帕遞給正在哭泣的人，然後回家……就可以算長大了。」
話說完，青年羞赧似的笑了笑。

我愣住了。

「這樣我也算是個大人了吧……才怪。」

聽見他那句話，我目瞪口呆了幾秒。

接著，我忍不住破涕而笑。

「啊哈哈！你都說出來的話，不就沒意義了嗎？」

「對、對喔……的確……我搞砸了……」

我一邊看青年變得滿臉通紅，一邊也發現，自己的眼淚已經停住。

幫了大忙呢，我心想。

「那麼……這條手帕我就心懷感激地收下嘍。」

青年用了「大人」這個詞。對此，他肯定是抱有憧憬的吧。

既然如此。

感覺上，我是不是也要拿出「大人」的風範來應對比較好？

我擦去眼角的淚水，然後把手帕收進自己的包包裡。

接著，明明自己到剛才還在哇哇大哭，我卻試著改了一下聲線，並且告訴他：

「當作是你長大成人的證明。」

我裝模作樣地如此說道，眼前的青年便瞪圓了眼睛，發愣似的回答：

「好……」

他只說了這麼一句。

青年匆匆回到自己的座位。

我拿了吸管，重新喝起冰咖啡拿鐵。

用吸管喝飲料，讓我想起了喝吉田前輩的烏龍茶而跟他間接接吻時的情況。

隨後，自然而然地，也想起之前在我家發生的事。

我確實跟吉田前輩接吻了。

無論我的戀愛有沒有修成正果……這項事實都不會抹滅。

那個吻，是我這一段戀愛的句號，其意義固然不小……但在我的人生中，也不過就是個逗號。

我意識到包包裡的手帕。

這東西，肯定也算是其中之一。

在漫長的人生中，肯定有一天，我會想起這次的遭遇。

我一舉喝完咖啡拿鐵，冰塊隨之發出叮噹響聲。

那聲音為腦海裡帶來陣陣清響……而我離開座位。

我一邊舉起單手向青年打招呼，一邊眼明手快地抽走了他座位上的帳單。

「啊，咦……！」

青年倉皇失措，我便對他拋了媚眼。

「手帕費。」

我只說了這句，就頭也不回地走向收銀台。

服務生看我拿了兩張帳單，一瞬間似乎露出了困惑的模樣。

「麻煩連那個男生的份一起結帳。」

我說道，服務生便好似會意而回答：「我明白了。」

其實，我從以前就想這樣秀一次了。

我思索著這些，逕自露出微笑。

來到咖啡廳外頭，我伸了伸懶腰。

戀愛，已經告終。

……那麼，接下來有什麼會開始呢？

在我心裡浮現出如此的疑問。

我微微地吐了口氣，然後嘀咕：

「哎……開始的時候，自然就會曉得了吧。」

這裡是離我最喜歡的前輩家最近的車站。而我正走在已然成為「戀愛故址」的車站前。

彷彿有通知電影開場的蜂鳴聲，不知從何處傳了過來。

（完）

後記

您好，我是しめさば。

《刮掉鬍子的我與撿到的女高中生》正篇結束後，我很榮幸又能執筆外傳作品。

說來突兀，但我搬家了！

夢寐以求的獨棟房屋——儘管是跟人租的——！

敲定要租的房子時，我曾雀躍地心想：家裡有樓梯耶！話雖如此……

住過以後才發現……一言以蔽之，蟲子好多！

容我在此坦言，名為しめさば的作家其實很怕蟲子。

談到以往的住處。老家是在華廈的四樓；專校生時期獨居的地方是在小公寓的三樓；長大成人後的家則是華廈的三樓……由於都住得比三樓高，所以過的生活也就無緣目睹蚊子或蟑螂這類滿容易讓我「唔哇」地感到心驚的蟲類——蟑螂似乎大多爬到一、三樓以上的高度就會累，所以不常出現。蚊子的飛行能力也不算高，感覺很少飛到三樓以上的高度——

我搬家是在初秋，因此還沒有遇過蟑螂小弟。然而蚊子飛得可多了，到處都被牠們叮得好癢好癢。

我第一次買了市販的液體電蚊香。

感覺再過一個月左右，就能迎來蚊子放緩活動的季節，因此在那之前算是要忍一忍的期間。

然後呢，唯一跟我締結友好關係的是蠅虎小弟，牠們既不會結網築巢，還跳來跳去讓人覺得很可愛——儘管放大觀察還是一副蜘蛛樣而讓人心驚膽跳，但我的眼睛未附放大功能，因此受益不少——畢竟不管去哪個房間，起碼都會有一位蠅虎前輩在，完全不會寂寞！

回想起來，成年後住到華廈三樓時，首度來家裡拜訪的也是蠅虎小弟。感覺牠是跟我莫名有緣的生物，因此往後我仍希望能互敬互重地一起生活……

一離題就都在談蟲子的事情了，但房子的裝潢依舊很合我喜好，因此我是心滿意足的。

改裝房屋之際，我在整面牆鋪了隔音材料，上面再掛隔音窗簾，儘管獨自施工起來算是滿吃力的……所幸有我為了專注工作而常去的水菸店店員出於善意鼎力相助，房屋完工的速度快得驚人。

別說裝潢布置，持有駕照的水菸店店員大哥還租來了箱型小貨車，幫我運送家當。

真的是感激不盡……

以後我要繼續多跑水菸店消費。我下定決心了。

所以嘍，搬家後讓心情煥然一新，我打算繼續致力於工作。

往後仍要請各位多多指教。

補述一件無關緊要的事，這次我家每個房間從一開始就附了空調。

好耶！

那麼，接下來要發表的是謝詞。

首先呢……我要誠心感謝陪伴我度過拖泥帶水的寫作進度，並且一路在背後督促的責任編輯K……這次我頻頻因為低氣壓而欲振乏力，工作的時程控管於是變得相當悽慘，萬分抱歉。雖然每次都這麼說，但下次我會努力改進。

負責繪製插圖的ぶーた老師，感謝您。接續第五集，還能看到老師繪製的插圖讓我很幸福。雖然老師好像每天都忙得難以偷閒，仍希望您能慢慢地撥出時間歇息，在此我也會幫忙祈禱。

還有，讀起正文肯定比我更認真的校稿人員，以及所有參與本書出版的相關人士，請讓我向你們致上由衷的謝意。感謝大家。

最後，在正篇結束後仍願意將本系列拿到手裡的各位讀者。誠摯感謝你們。含本書在內，今後要講述的都屬於「納入正篇會顯得畫蛇添足，但絕對要談到比較好」的故事。正篇始終是「吉田與沙優的故事」，不過點綴故事的其他角色也有他們的人生，如果各位願意跟我一起投以關注，便是甚幸。

請容我一邊祈願還能跟各位在我筆下的故事相見，一邊為後記作結。

しめさば

義妹生活 1~4 待續

Kadokawa Fantastic Novels

作者：三河ごーすと　插畫：Hiten

意識到的感情，
是不能意識到的感情——

儘管兄妹關係看似有所進展，卻因各自心意暗藏而有些僵硬。在這種情況下，兩人分別有了新邂逅。碰上「因為偶然地只有一個距離較近的異性，才會喜歡上他」這種壞心眼命題的兩人，再度面對自己的感情。該以什麼為優先，又要忍耐什麼，才是正確答案？

各 **NT$200/HK$67**

因為女朋友被學長NTR了，我也要NTR學長的女朋友 1 待續

Kadokawa **Fantastic** Novels

作者：震電みひろ　插畫：加川壱互

「燈子學姊！跟我劈腿吧！」
「冷靜點一色……要讓劈腿的人悽慘得像下地獄！」

發現女友劈腿的一色優，對NTR男的女友——過往思慕的燈子學姊提議劈腿。燈子計畫縝密地提出了更強烈的「報復」手段，卻開始把優打理成好男人？周遭女生對優的評價大幅提高，優對燈子的心意卻也日益高漲。計畫進展的途中，彼此的關係迅速拉近——

NT$250/HK$83

身為VTuber的我因為忘記關台而成了傳說 1~3 待續

Kadokawa Fantastic Novels

作者：七斗七　插畫：塩かずのこ

衝擊性十足的VTuber喜劇，一如既往的第三集！

心音淡雪終於收到一期生朝霧晴的合作通知：「在單人演唱會的最後一段以驚喜嘉賓身分合唱！」為此，淡雪（小咻瓦）勤奮地練習，卻在首次工商直播裡說出禁忌的話語——盡被極具Live-ON特色的事件糾纏的她，究竟能不能維持住理智呢？

各 **NT$200/HK$67**

國家圖書館出版品預行編目資料

刮掉鬍子的我與撿到的女高中生Another side story三島柚葉/しめさば作；鄭人彥譯. -- 初版. -- 臺北市：臺灣角川股份有限公司, 2022.11
面； 公分. -- (Kadokawa fantastic novels)
譯自：ひげを剃る。そして女子高生を拾う。Another side story三島柚葉
ISBN 978-626-321-965-6(平裝)

861.57 111014883

Kadokawa
Fantastic
Novels

刮掉鬍子的我與撿到的女高中生 Another side story 三島柚葉

（原著名：ひげを剃る。そして女子高生を拾う。 Another side story 三島柚葉）

2022年11月23日　初版第1刷發行

作　　者：しめさば
插　　畫：ぶーた
譯　　者：鄭人彥

發 行 人：岩崎剛人
總 編 輯：蔡佩芬
編　　輯：邱瓈萱
美術設計：宋芳茹
印　　務：李明修（主任）、張加恩（主任）、張凱棋

發 行 所：台灣角川股份有限公司
地　　址：104台北市中山區松江路223號3樓
電　　話：（02）2515-3000
傳　　真：（02）2515-0033
網　　址：www.kadokawa.com.tw
劃撥帳戶：台灣角川股份有限公司
劃撥帳號：19487412
法律顧問：有澤法律事務所
製　　版：巨茂科技印刷有限公司
ISBN：978-626-321-965-6